「これならどうでしょう？」
ダークマター
フレシェット

シャイニングレイッ！
「では、お返しです！」

有咲さんがこちらを振り向くと、
さらに驚き、言葉を失います。
「どう、かな」

クラス転移に巻き込まれたコンビニ店員のおっさん、勇者には必要なかった余り物スキルを駆使して最強となるようです。3

日浦あやせ
(Narrative Works)

ぶんか社

C O N T E N T S

CHARACTERS

乙木雄一

元コンビニ店員の 35 歳独身男性。
女神様に押し付けられた
余り物スキルと付与魔法を
組み合わせて新たな魔道具を作り出し、
『洞窟ドワーフの魔道具店』を開いた。

美樹本有咲

乙木の姪で、スキル『カルキュレイター』を
与えられた女子高生。
『洞窟ドワーフの魔道具店』で働いており、
乙木に好きだと告白したばかり。

シュリ

宮廷魔術師。
幼い少女の姿をしているが、
実は百歳を超える
お爺ちゃん。
乙木の童貞卒業の相手。

マルクリーヌ

王都の騎士団長。
自分の仕事を
優しく労ってくれた乙木に
一目惚れし、乙木の嫁に
なることが脳内で確定している。

シャーリー

元冒険者ギルドの受付嬢。
乙木に勧誘され
『洞窟ドワーフの魔道具店』で
働いている。
乙木の愛人候補。

マリア

乙木の店で働く未亡人。
双子でハーフエルフの
子供がいる。
乙木の愛人候補。

ジョアン

孤児院で暮らす男の子。
おっちゃん（乙木）大好き。

ローサ

孤児院で暮らす女の子。
裁縫が得意で
乙木をパパと呼ぶ。

金浜蛍一

特別なスキル『勇者』
を持つ召喚者。
正義感が強く、善意から国に
協力して魔族と戦っている。

三森沙織

特別なスキル『聖女』
を持つ召喚者。
大人しく優しい性格で、
金浜と同じく魔族と戦っている。

口絵・本文イラスト　鱈

第一章

事業拡大

私が経営している「洞窟《どうくつ》ドワーフ魔道具店」。そこで販売するための商品を生産する工場が、とうとう稼働開始しました。

蓄光魔石が蓄えた魔力で付与魔法を施すという、単純な仕組みの工場ですが、既にいくつもの魔道具用のラインが完成しています。

まず、一つが高周波ブレード用のラインです。といっても、流れは単純。規格に従って作られた金属板に、『貧乏ゆすり』と『ランディング』を順に付与するだけです。

ちなみに『貧乏ゆすり』が金属板を超振動させ、『ランディング』は斬撃時に刃にかかる負荷を軽減させるための姿勢制御の役割があります。

付与を確実に成功させるために、付与装置は業務用の食器用洗浄機のような形をしています。蓄光魔石が蓄えた魔力が供給され、付与装置の天板に施された魔法陣が起動します。

そして天板の裏側には付与するスキルそのものを付与した『スキル板』が装着されています。『貧乏ゆすり』の場合は、それだけが付与された掌《てのひら》サイズの金属板です。

このスキル板に付与されているスキルを、天板の下側にある物体に付与する、というのが付与装置の仕組みとなっています。

この中に高周波ブレードの素材となる金属板を入れ、装置を起動すれば、十秒ほどで付与が完了します。

その次に不良品検査。ちゃんと振動するか確認する必要があるので、検査用の柄に高周波ブレードを差し込み、起動。振動しているなら、次の工程へとブレードを流していきます。

ちなみに、振動しないものは付与の工程に戻し、振動してすぐに壊れたものは廃棄品となります。

振動の不良品検査が終われば、次はランディングの付与。別の付与装置でブレードにランディングを付与して、こちらも検査。

ブレードを水平な状態で落下させ、下のスポンジへ垂直な状態でぶつかるようなら問題無し。

これを三回ほど繰り返し、全て垂直に落下すれば問題無しとして次の工程に流します。ここでも、付与に失敗したものは再付与。壊れたものは廃棄という流れになっています。まあ、ここで廃棄になるブレードは皆無といっていいのですが。

ランディングの付与も問題無ければ、ようやく刃付けです。誰でも簡単に研げるように『貧乏ゆすり』によって程よい速さで振動する砥石設置台を用意してあります。この台に砥石を設置し、魔道具として起動すれば、振動を開始します。

そして振動する砥石で高周波ブレードを研ぎ、規格通りの位置に刃をつけて、完成です。

このような魔道具制作のラインが、今は工場内にいくつもあります。

高周波ブレードの場合は、柄と鞘《さや》も必要ですから、同じ建物の中でそれぞれを作るラインもあるので、計三つのラインがあります。

この建物を一号棟と呼んでいて、高周波ブレード用の作業のほとんどをここで済ませています。

次に、二号棟と呼ばれる場所についてです。こちらでは、何かと消耗の激しい蓄光魔石を製造しています。

魔力が空になったクズ魔石を冒険者ギルド等から引き取り、ここで付与装置を使い蓄光魔石に生まれ変わらせています。

付与の終わった蓄光魔石は、一度屋外で日に当て、魔力を補充してから不良検査を行います。というか、二号棟の敷地の三分の二ほどがこの魔力補充と不良検査のために使われています。

そして、三号棟では私の魔道具店でも使う魔道具の製造を行っています。

まずは照明魔石。蓄光魔石に『発光』のスキルを付与するだけですので、こちらは非常に小さなラインで製造できるのが良いですね。

次に、耐刃ローブ。『形状記憶』に『衝撃吸収』、『耐刃《たいじん》』の三つを付与したものです。

最近はローサさんたちローブ作り組の子たちの技術が上がり、おしゃれなローブが納品されてきます。一つ一つデザインや機能性にこだわりがあり、近頃の人気商品の一つです。

軍に納品する分は別口で納品されるローブがあり、そちらは規格が揃ったものになっています。

他には防護魔石や、携帯食料の保存容器も三号棟での生産品です。それほど数が必要なものではないので、どちらも手狭な範囲にラインがあり、付与装置のスキル板を差し替えて運用しています。

四号棟では、食料品の製造をしています。具体的には防犯キャンディーと甘露餅《かんろもち》の二つです。どちらも作るのが難しい食料品ではないので、四号棟の中で一から作って最後に付与を施しています。

また、付与食品でない普通のお弁当もここで作っています。唐揚げ弁当やとんかつ弁当です。現状、お弁当の容器は店で回収して再利用する形になっていますので、数はそれほど多くありません。

ですが、将来的には実際のコンビニと同様に、安価に大量生産可能な保存容器を開発して、より大量のお弁当を安価に提供できるようにするつもりです。

そして、五号棟。ここで製造しているのは魔道具ではなく、高周波ブレード用の金属板です。

ここには、金属板を大量に、しかも私が手伝わなくても形成できるようにするための巨大な装置があります。

具体的な仕組みとしては『鉄血』スキルの応用です。装置そのものがホムンクルスと呼ばれる魔法生物となっており、その内部を流れる疑似血液を介して鉄血スキルを使い、金属板を形成しています。

元々、ホムンクルスはゴーレムと似た存在で、その違いは魔物であるか、それとも魔法で人為的に生み出したものであるかという部分にあります。

そして、ホムンクルスは製造時に命令された通りの動作を繰り返す程度の知能しかありません。

現在の魔法技術では、ゴーレムのように戦闘が可能なレベルで稼働できるホムンクルスは製造不可能となっています。

しかし、簡単な動作の繰り返しであれば問題ありません。例えば、付与された『鉄血』のスキルを使い、金属を同じ形状で繰り返し生み出し続けることなどは造作もありません。

そんなホムンクルスを使用して作り上げたものが、この五号棟の金属形成装置です。

まず、冒険者ギルドに依頼を出して集めたアイアンゴーレムの素材を鉄血スキルで疑似血液に吸収します。これは、それ専用のホムンクルスが自動で行ってくれます。

次に、この疑似血液が次の工程を行うホムンクルスの方へと流れていきます。

この疑似血液を受け取った、形成担当のホムンクルスが、金属板を形成していきます。

装置そのものをホムンクルス化しているからこそ、こうした疑似血液のやりとりが可能となっているわけです。

ちなみに仕組みを考えたのは私ですが、細かい技術的な問題点は全て宮廷魔術師のシュリ君任せで作ってありますので、もしも壊れた時は直すことが出来ません。

完全なブラックボックスなので、壊れないよう祈りながら日々運用しています。

さて。こうして金属板の形成も完全に自動化出来てしまったので、私が工場でやることがほぼ無くなりました。

警備的な部分では、私と一緒に異世界に召喚された高校生たちのうち、金浜組《かなはまぐみ》の勇者の誰かが毎日来てくれるので問題ありませんし。付与も鉄血スキルによる金属板の形成も自動化したとなれば、残るのは雇用や管理の問題のみ。

そうした部分も、工場運営のために雇ったパートタイムのおばちゃんたちで最低限は可能なため、私が担当する必要がある部分は本当に少なくなっています。

となれば、私はまた別のことに手を回すことが出来るわけです。

まずはそのための準備をしましょう。私は魔道具店の方に顔を出します。

「おはようございます。有咲《ありさ》さんはいますか？」

「あら、乙木《おとぎ》様。有咲さんなら、今はバックにいるはずですわ」

店内にちょうど居合わせた、マリアさんが答えてくれます。

「最近、随分不機嫌そうにしていますけれど、何かありました？」

「ええ、まあ。少し」

「ちゃんと仲直りしてくださいな」

「はい、そのつもりです」

今日ここに顔を出したのも、一つはそれが目的にあったからです。

マリアさんに教えられた通り、私はバックへと向かいます。

「有咲さん」

バックでは、ちょうど有咲さんが今日のレジ締めの作業をしているところでした。

商品の在庫の数と仕入れの数から売れたはずの品物の数を算出し、そこから出した売上と実際に手元にある金額の差異を確認する作業です。

私が呼びかけると、有咲さんは複雑そうな表情を浮かべてそっぽを向きます。

「すみませんでした。この間は、言いすぎました」

「何のことだよ」

不機嫌そうにしながらも、有咲さんはどうにか私と対話する姿勢を見せてくれます。ここからが、誠意の見せどころでしょう。

「有咲さんの気持ちを考えず、一方的に私の考えを押し付けてしまいました。有咲さんが私に対して好意を抱いてくれていることを、否定するような真似《まね》をしてしまいました。本当に、無神経だったと思います」

「じゃあ、アタシと付き合ってくれるのか？」

有咲さんが一転して、嬉しそうな声で聞いてきます。ですが、ここは同意できません。私は首を横に振ります。

「私と有咲さんが、叔父と姪《めい》の関係にあることは変わりません」

「そんなの、関係ねーだろ。ここ日本じゃないんだし」

「はい、そういう考え方についても、理解はできます。ですが、同意までは出来ません」

そこまで言ってから、私は一度言葉を区切り、提案をします。

「ですので、間を取りましょう」

私が言うと、有咲さんは首を傾《かし》げます。

「間って、どういう意味だよ」

「有咲さんは私と恋人になりたい。私は有咲さんと恋人にはなれない。ですので、その中間を取ります。有咲さんは私の恋人のように振る舞ってもよい。ですが恋人同士ではない。なので例えばどちらかが別の誰かを好きになっても何の問題もありません。恋人ではないのですから別れるということもないわけです。逆に例えば、私の気が変わればそのまま恋人同士になればいい。既に恋人同士のように振る舞っていたのですから、これもおかしい部分は何も無い」

私の提案に、有咲さんは頷《うなず》く。

「よーするに、アタシがおっさんのことを誘惑して、落とせばいいんだろ？」

「まあ、有咲さんの側からすればそうなります。そして、私は有咲さんの誘惑に負けないよう耐えるというわけです」

この提案により、有咲さんの欲求と願望を部分的に満たすことが出来ます。

そして、私が有咲さんを恋人にすることはありえません。後は有咲さんが諦めをつけるか、誰かもっと良い人、新しい恋を見つけるまで待てばいい。

といった考えから提案したのですが、どうやら有咲さんはこの提案に乗り気のようです。

「分かった。その話、乗った！　ぜってーおっさんのこと、落としてみせるからな！」

「そう簡単にはいきませんが、乗ってもらえて何よりです」

これで、ひとまずわだかまりは解けました。

なので今日ここに来たもう一つの理由を告げます。

「さて。有咲さん、仲直りも出来たのでお仕事の話です」

「は？」

「一緒に、旅行に行きましょう」

「え、いや、なんで？」

突然の話題転換に、有咲さんは困惑している様子。なので、要点を順に説明していきます。

「工場も本格的に稼働を開始したので、そろそろ新しい事業を始めようと考えています。ですが、今は良いアイディアが浮かびませんし、出来ることも多くはありません。そこで、王都を離れて他の街を見て回ります。見聞を広めることで、新しく出来ることが増えるかもしれません」

「な、なるほど？」

少なくとも、王都にいるままで出来ることはほぼやり尽くしたと考えています。

「それに、王都でやっているのと同じ事業を、他の街にも広げていくことが出来るはずです。その下見という意味でも、街を巡って旅をする意味はあります」

「まあ、確かに。それはなんとなく分かるけどさ」

新しい街で魔道具店や付与魔法の工場を作るなら、その街の様々な情報を仕入れる必要があります。

人づてに聞いて情報を集めることも出来ますが、やはり自分の目で見て回るのが一番でしょう。

「最後にもう一つ。旅のついでに、軍に卸している高周波ブレードを導入している部隊の視察も済ませておきたいのです。実際にどのように装備が運用されているのか。何が足りていて、何が足りないのか。それを自分の目で見てくることで、また新しい魔道具のアイディアが浮かぶかもしれません」

「そりゃそうだろーけどさ」

有咲さんは私の話に同意しながらも、納得していない様子で首を傾げます。

「で、なんでアタシも一緒に行くことになるんだよ。いや、おっさんと一緒なのは嬉しいんだけどさ」

尤《もっと》もな疑問が、有咲さんから出てきました。その点についても、ちゃんと理由があります。

「一つは、レベル上げのためです。マルチダンジョンで可能な限りのレベリングは既に済ませてあるかと思いますが、今のレベルでは大きなトラブルに巻き込まれた時に困ります。ですので、単純な実力の向上のために有咲さんには一緒に来てほしいのです」

「それは、別に王都にいても出来るだろ？」

「王都で魔道具店の経営の片手間に出来るレベリングでは、勝てない敵が出てくる可能性も十分にあります」

私が懸念しているのは、魔王軍についてです。既に私が四天王の一人を倒してしまっているので、今後報復がある可能性は十分にあります。

そして、私が四天王を倒せたのはスキルの相性が良かったからに他なりません。今のレベル、今の実力では、正面から魔王軍の四天王級の相手と戦うには不安が残ります。

「それに、有咲さんのスキル『カルキュレイター』こそ、視察をする上で最も役に立つスキルだと考えています。視察の結果を最大限良いものにするには、有咲さんは必要不可欠なのです」

「でも、魔道具店をアタシが離れてまですることか？　おっさん一人でも、十分に意味はあると思うけど」

「最後に、もう一つ理由があります」

私は、しっかりと有咲さんの方を向いて告げます。

「お詫び、です。有咲さんを傷つけた分、有咲さんの願いを叶えてあげるべきだと考えました。恋人になってあげることは出来ません。ですから、代わりに二人きりの旅行という形で、有咲さんに報いたいと思いました。どうでしょうか？」

「行く！　それなら絶対行くっ！」

有咲さんは食い気味に、身を乗り出して視察旅行に同行することを決めてくれました。

ちなみに、お詫びとは言いましたが、二人きりで旅行して、それでも脈なしと有咲さんに分からせることで、諦めてもらう意味もあります。

ですので、お詫びというのはかなり卑怯《ひきょう》な言い方ですが、一応そういう意味も無きにしもあらずなので、問題はありません。

「では有咲さん。早速ですが、視察旅行に向かうための調整をしましょう。魔道具店や工場の運営を当分の間、私たちがいなくても出来るようにしなければなりませんし。それに、旅のルートも決めなければなりません」

「そういうのは任せてくれよな。アタシのスキルで、最高の旅行プランを立ててやるよ！」

有咲さんは元気に、満面の笑みを浮かべてそう言います。

やはり、有咲さんが元気でいてくれるのが一番ですね。

長期間、王都を離れることになるので、その旨を各所へと伝えなければなりません。特に、私が事業として仕事を任せているところは忘れずに。

私がいない間の対応についても、しっかりと話し合っておかなければなりません。

工場の方は、私がいなくても上手《うま》く回っているので問題ありません。そして、魔道具店は有咲さんが抜けてしまう分の仕事の割り振りがあります。

これに関しては、有咲さんがカルキュレイターの力であっさりと振り分け終了。店の従業員の皆さんに挨拶をしている間に、全ての指示が終了していました。

その後は孤児院にも顔を出して話だけは伝えておきます。私がいない間も今まで通りに仕事を回しておけばいいという旨を、ジョアン君やローサさんにも伝えておきます。

何か問題があれば、イザベラさんの方の判断で子供たちの安全を優先して動いてもよいので、非常時は任せるということも伝えます。

そして最後に、王都の騎士団長であるマルクリーヌさんの元を訪ねます。

今回は高周波ブレードの視察も兼ねるつもりなので、その辺りの許可も含めた諸々の話をマルクリーヌさんにしておかなければなりません。

許可が無くとも前線での戦闘の様子の観察ならいくらでも出来ますが、可能なら軍の内側から様子を観察しておきたいと考えてのことです。

「というわけで、見学の許可をいただきたいのですが」

「相変わらず、乙木殿は突然話を持ってくるのだな」

苦笑いを浮かべながら、マルクリーヌさんは言います。

「ともかく、話は分かった。こちらとしても、一度見ておいてもらいたいとは思っていたのだ」

「そうですか、それは好都合です。ところで、高周波ブレードの運用は上手くいっていますか？」

「ああ。さすがに前線全てに配備というわけにはコストの面や防衛力の面もあって不可能だったが、突破力のある部隊を一つ作るだけで、防戦一方だった戦況に攻めの一手を打つ余裕が生まれた。ジリ貧だったいくつもの戦場で状況が好転しているよ」

「それは良かったです」

高周波ブレードは、その性質的にも軍の標準装備とするには脆《もろ》さが気になります。なので、突撃部隊の装備など攻撃力を重視する場面での運用が主となっているのが現状です。

そうした運用法を用いるという話は、事前にマルクリーヌさんから聞いてありましたが、どうやら上手くいっているようですね。

「それに、高周波ブレードだけではない。耐刃ローブや防護魔石も防衛時の生存確率を上げてくれている。おかげで継戦能力も高くなり、結果として後出しで勇者をはじめとする突出した戦力を送り込んでも間に合う機会が極めて多くなった」

耐刃ローブと防護魔石に関しては、前線で戦う兵士の標準の支給品として少しずつ普及しています。

今はまだ生産が追いついていないので全ての兵士が装備しているような状況ではありませんが、いずれは全ての兵士の命がこの二つの魔道具で守られるようになるはずです。

「本当に、乙木殿には感謝しているんだ。だからこそ、こちらからもお願いしたい。ぜひ、乙木殿の力でさらに軍の助けとなる装備を生み出してくれ。それがあれば、また何百、何千人の命が救われるのだ」

「ええ、分かりました。そういうことなら、私も全力を尽くさせていただきます」

どうやら、マルクリーヌさんの側でも、視察は望んでいたことのようですね。

こちらとしてもさらなる軍需備品の開発は狙っていきたいので、渡りに船というやつです。

その後、マルクリーヌさんと少しだけ協議をした結果、どの前線へ視察に向かうのかも決まり、この日の話は終わります。

「では、よろしくお願いします」

「ああ。話は通しておくので、任せてくれ」

最後にマルクリーヌさんと握手を交わし、私は退室。このまま王城を離れ、帰路につきます。

王城から魔道具店の方へと戻る道の途中で、迎えに来ていた有咲さんと鉢合います。

「おっさん、どうだった？」

「はい、許可は貰いました。これで、軍を正式に視察できます」

「へへ、そりゃあ良かった！」

有咲さんは、嬉しそうに笑いながら私の腕に掴まります。

まるで恋人同士でやるような腕組みに、私はつい戸惑い、距離を取ろうとしてしまいます。が、それを咎《とが》めるように有咲さんは力を込めます。

「なんだよ、おっさん。姪っ子は叔父さんと仲良くしちゃダメなのかよ？」

「そういうわけではありませんが」

「じゃあいいだろ？」

確かに、あまり露骨に拒否しすぎて、有咲さんを傷つけてしまうのも本意ではありません。

「そうですね、では、仕方ありません」

「だろ？　ほら、帰ろうぜ！」

こうして、私と有咲さんはまるで恋人同士のような格好で、帰路をゆっくりと歩みました。


旅に出る旨の挨拶を終わらせた後は、数日ほどかけて準備を済ませました。

そして一通りの荷物も纏《まと》まった今日。私と有咲さんはこれから、乗合馬車を利用するため、駐車場へと向かいます。

そんな私と有咲さんを、魔道具店の面々が見送ってくれます。

「乙木様。無事で戻ってきてくださいね」

「ええ、気をつけます」

「有咲さんも。魔道具店のことは気にせず、ゆっくり二人で楽しんできてくださいな」

「ん、ありがとな、マリアさん」

マリアさんは、私と有咲さんの両名に挨拶をした後、軽く握手を交わして店の方に戻ります。

最近は従業員も育ってきているとはいえ、有咲さんが抜ける分の負担は大きいはずです。帰ってきたら、すぐに労《ねぎら》ってあげなければいけませんね。

そして次に挨拶に来たのはシャーリーさんです。

「乙木さん！」

「はい」

「次は私とマリアさんも、必ず連れていってくださいね！」

「そう、ですね。約束します」

「必ずですからね！」

どうやら、有咲さんだけと旅行に行くのが不服なようです。

とはいえ、ネガティブな感情を抱いているわけではない様子なので、帰ってきてからフォローすれば問題ないでしょう。

　事実として、世間からはシャーリーさんとマリアさんも私の妻のようなものだと見られているわけですから。その辺りの責任はしっかり取るべきでしょう。

　と、シャーリーさんと約束をしてすぐ。二つの衝撃が同時に私の身体に襲いかかります。

「おじさま、早く帰ってきてね」

「旅行のお話、いっぱい聞かせてほしいな」

「はい。お土産《みやげ》も買ってきますから、楽しみにしていてください」

　ティアナさんとティオ君が、寂しがるような表情を浮かべながら言います。私は、この二人には
特別なお土産を買ってきてあげよう、と心の中で決め、それを約束として口に出します。

　最後に二人の頭を撫《な》でると、二人は嬉しそうにしながら離れていきます。

「では、行ってきます」

　出立の挨拶も終え、私は有咲さんと共に駐車場へと向かいます。

　駐車場には、乗合馬車の他にも個人や商人が所有する馬車が停《と》まっています。その中でも、乗合
馬車の場合は呼子や御者が呼び込みをしているので、その声の方へと向かえば自然と見つかります。

「おっ、そこのご夫婦さん！」

　ちょうど、近づいた乗合馬車の呼子らしい青年が私と有咲さんに向かってそんな声をかけてきま

す。

「乗合馬車ならウチにしときな。格安だが、乗り心地は悪くないぜ！」

「なるほど。どうですか、有咲さん」

私が有咲さんの方を向くと、顔を赤くして視線を逸《そ》らされてしまいます。

「どうしたのですか？」

「い、いや。夫婦って言われちゃった、って思ってさ」

つまり、照れているというわけでしょう。

「細かいことは気にしないでいきましょう」

「いや、細かくはねーだろ！」

私の言葉に、有咲さんはツッコミを入れてきます。どうやら、これで本調子が戻ってきたようですね。

「ああ、もう。なんか舞い上がって変になってたけど、やめた。普通にするのが一番だわ、やっぱ」

「それが一番です」

私と有咲さんはそんな会話を交わしつつ、呼子の青年の方へと向き直ります。

「料金は気にしないので、乗り心地と速さのある方が良いのですが。そういった乗合馬車はご紹介いただけませんか？」

「おっ、それならあっちにウチの馬車の上等な方のやつがあるぜ」

「そうですか、ご紹介感謝します」

こうして乗合馬車の目星もつき、指差された方へと向かいます。

「なあおっさん」

「はい、なんでしょう」

「なんでおっさんは照れなかったんだよ」

その道すがら、有咲さんに問いただされてしまいます。どうやら、夫婦と勘違いされた件についての話のようです。

「今回は二人旅ですし、今後もこういった勘違いは多くなるでしょう。いちいち関係性を説明していてもキリがありませんから」

「うっ。まあ、そりゃあそうだけど」

それに、もう一つ。こうして私が全く有咲さんを意識していないような態度を取り続ければ、有咲さんが私のことを諦めてくれる可能性は高まります。

なので、今後もこうして勘違いされるようなことがあっても、表面上の平静は保ち続けるつもりです。

乗合馬車に乗り込み、出発時刻になったので王都を発《た》ちます。一緒に乗ったのは上位の冒険者らしい男性と、老夫婦の計三名。

それに私と有咲さん、御者の壮年の男性で合わせて六名の旅路となります。

次の目的地は王都からさほど離れていない都市であるため、二日ほどの旅程を想定してあります。

向かう先は、ルーンガルド王国最大の穀倉地帯。ウェインズヴェール侯爵領の領都ウェインズヴェールです。

王都だけでなく、ルーンガルド王国の各地に向けて様々な作物を出荷しているそうです。

防衛上の視点でも重要な都市でもあるため、冒険者や兵士も多くが集まります。そして、彼らを対象にした商業も盛んとなっているわけです。

そうした理由から、ルーンガルド王国では王都と並ぶ大都市と呼ばれています。

そんな大都市ですから、当然私たちが視察をすることで得られるものも多いはずだ、と考えたわけです。

「お二人は、どうしてウェインズヴェールに？」

ぼんやりと馬車の外の景色を眺めていると、老夫婦のお婆《ばあ》さんがそんな話を振ってきました。

「実は、私たちは王都で魔道具店を経営しているのですが、そちらで何か新しいことを始めてみようと思っておりまして。そのためのアイディアを貰うためにいくつかの都市を回る予定なのです」

「あらまあ。それは立派なことですねぇ」

お婆さんはニコニコと笑いながら頷きます。

「ご夫婦でお勉強に出るなんて、仕事熱心なのね。素敵なことだわ」

「恐縮です」

「ほう、夫婦で魔道具店か」

冒険者の男性が会話に入ってきます。

「まさか、あんたら『洞窟ドワーフの魔道具店』の？」

「ええ、そうですね」

どうやら、この冒険者の男性は私たちの店のことを知っていたようです。

「あの店の魔道具のおかげで、俺の知り合いも助かってる。あんな高性能なローブを格安で売ってくれてるおかげで、ギリギリで命が助かった奴が何人もいるんだ。ありがとうな」

「いえいえ、こちらこそ、お買い上げいただけた上で、お役に立てたのでしたら何よりです」

思わぬ場面での感謝の言葉を受けたものの、素直に受け取っておきます。

この冒険者の男性の話が皮切りとなって、馬車の中では雑談がつらつらと続くような状態が続きました。

そうして二時間ほど経過し、時刻が昼前に近づいた頃。前方から、勢いよく駆け抜ける馬車がやってきます。

すれ違いざまに御者の表情を窺《うかが》いましたが、何やら必死な形相で手綱を握っており、ただならぬ雰囲気が漂っていました。

これは、何か不穏なものを感じてしまいますね。

「有咲さん」

「分かってる」

何か良くないことが起こるかもしれない。そう考えて、身構えておきます。有咲さんにも声をかけましたが、既に気を引き締めていたらしく、真剣な表情を浮かべています。

「今の馬車、普通の様子じゃなかったな。これは一騒動あるかもしれない」

冒険者の男性もそう言って、自分の武器らしい片手剣と盾を装備し始めます。

そんな私たちの様子を見て、老夫婦の二人はおろおろと不安げに慌て始めます。お婆さんの肩をお爺《じい》さんが抱き寄せて、安心させるように撫でていますが、お爺さんもその表情からして不安は拭《ぬぐ》えないようです。

やがて数分もしないうちに、異変の正体が判明します。

「オークだ！　オークが暴れてやがる！」

御者がそう叫び、馬車の中に状況を伝えてくれました。

私と有咲さん、そして冒険者の男性は窓から身を乗り出して進行方向を見ます。

すると、どうやら小規模な隊商をオークの群《む》れが襲っているらしく、前方では何人もの護衛らしい人間とオークが交戦していました。

「なんでこんなとこにオークが出るのか知らんが、助けに入らせてもらうぞ！」

冒険者の男性は言うと、馬車から飛び降りて加勢に向かいます。腕に自信があるのか、オークの群れを相手にしても全く躊躇《ためら》う様子がありません。

対して、馬車の方は一時停止。そして安全のため、距離を取るために引き返そうとします。

「すみません、少し待ってもらえますか」

私は、そんな判断をした御者の方に待ったをかけます。

「なんだい、何かあるのか？」

「距離を取る必要はありません。オークは問題なく片付けることが出来ますから」

「いや、そうは言ってもな」

反論しようとした御者さんを制して、私は懐《ふところ》から取り出した防護魔石を渡します。

「これは防護魔石という魔道具で、万が一の時に攻撃から身を守ることが出来ます。魔力を流せば起動しますので、もし危なくなったら使ってください」

「あ、あぁ」

困惑する御者さんを置いておき、次に老夫婦の二人にも防護魔石を渡します。

「どうぞ、お二人もお使いください」

「いいのかい？」

「ええ、大丈夫です。私も、彼女もオーク相手であれば安全に戦えますので」

私は言ってから、有咲さんに目配せします。有咲さんも頷いて応えます。私のステータスはもちろんのこと、有咲さんもレベルが十分に上がっているのでオーク程度を相手に遅れを取ることはありません。

「では有咲さん、こちらはお願いできますか」

「ああ、分かった」

こうして馬車の安全を有咲さんに託した後、私は素早く戦闘中の場所へと駆けつけます。既に冒険者の男性は加勢しており、数体のオークを仕留めているようです。

「あんた、戦えるのか！」

どうやら私の方に気づいたようで、声をかけてきます。

「オーク程度なら問題ありませんよ」

「なら頼む！」

そう言って、冒険者の男性は別の場所へと加勢に向かいます。

この場にはまだ三体のオークが残されていますが、それを任されたというわけです。

こちらは他に隊商の護衛が一名いますが、負傷していて十分な戦力とは言えません。どうやら、私の戦力はかなり大きく見積もられているようです。

まあ、実際はさらに大きく見積もる必要があるのですが。

「さて、手早く片付けましょう」

隊商に今のところは犠牲者らしい姿は見えませんが、時間の問題でもあります。素早くオークを始末してしまうに越したことはありません。

私は早速、戦闘態勢に入ります。まずはスキル『疫病《えきびょう》』で私の手の一部分に皮膚病を発症させます。すると、その部位のみが鬱血《うっけつ》し、負傷します。血が出ることで、スキル『鉄血』の使用条件が満たされます。

今までも、戦闘で咄嗟《とっさ》に鉄血スキルを使う必要のある場面では、こうして疫病スキルを使い一瞬で血を流すことで対処してきました。今回もまた、素早い対応が求められるためこうして使っています。

戦闘態勢も整い、私はまず手近なオークに駆け寄ります。そして手をまるで鞭《むち》のように振り抜きながら鉄血スキルを発動。オリハルコンの刃を生み出しながらの一撃です。

単純に刃物を生み出しての攻撃も可能ですが、そこは工夫でさらに攻撃力を伸ばすことができます。今回、腕をしならせるのと同様に、生み出すオリハルコンの刃もしならせました。

鉄血スキルは自在に金属を吸収し、取り出しが可能なスキルです。この性質を生かして、金属の刃をしならせながら取り出す、という芸当をやってのけたわけです。

鞭打《べんだ》のような衝撃を伴った、オリハルコンの刃の一撃です。さらには斬撃の瞬間に鉄血スキルで刃を収納することで、ちょうど引き切りのような形になり、切れ味も増しています。

結果として、オークの身体は何の抵抗も無かったかのようにスパリと真っ二つになりました。

「なっ！」

私の背後で、隊商の護衛の方が驚いたような声を上げます。が、こちらとしては反応している時間も惜しいので次に取りかかります。

仲間のオークが一瞬で殺されたのを見て、その場にいた残り二体のオークは激怒。間髪入れずに襲いかかってきます。

しかし、同時に襲われたとしても私の敵ではありません。片方をオリハルコンの刃で切り裂きつつ、もう片方はオリハルコンの大盾を生み出して攻撃を防ぎます。

ステータスに格差があるので、オークの一撃で私が体勢を崩すことはありません。そのまま大盾で押し返し、逆に体勢の崩れたオークをオリハルコンの刃で真っ二つにします。

「た、助かった」

「では、ここはよろしくお願いします」

私は護衛の方の感謝の言葉も半ばに、次のオークを撃破するために駆け出します。

次々とオークを屠《ほふ》っていくと、一体の巨大なオークが姿を現します。

「群れのリーダー、でしょうか」

そう呟きながら、私は今までのオークと同様にオリハルコンの刃で攻撃を加えます。他のオークよりは良い反応で回避を試みたようですが、私の攻撃の方が速く、結局は真っ二つとなります。

「あ、あんた。強かったんだな」

冒険者の男性が、こちらへ寄ってきます。見ると、既に周囲のオークは全滅しており、残ったオークは敗走を開始して散り散りに逃げていきます。

既に勝敗は決したと思われるので、私は戦闘態勢を解除し、会話に応えます。

「ええまあ、一応は元冒険者ですので」

「そうだったのか。あの有名な魔道具店がなぁ」

驚いた様子で冒険者の男性が呟きますが、一方で納得もしている様子でした。冒険者が稼ぎを元手に一般の職業へと転職するのは珍しくもないため、それを加味してのことでしょう。

「にしても、ジェネラルオークを一撃ってのは相当だぞ。Aランク冒険者でも上位に入るんじゃないか？」

「そうですね。自分でも、それぐらいの実力があるとは自負しています」

「それで魔道具店を？　冒険者やった方が良かったんじゃないか？」

「いえいえ。Aランク冒険者よりも安全に、大金を稼いでますので」

「はぁ、そういうもんか」

「ええ、そういうものです」

こうして、冒険者の男性と雑談をしながら自分たちの馬車へと戻ります。

そのついでで、この男性は冒険者としてはBランク上位、Aランク目前の実力者だということが分かったりもしたのですが、その後は引退後の選択肢についての話で盛り上がり、むしろ冒険者そのものに関する話題は出なかったりもしました。

そうして馬車に戻り、隊列の乱れた隊商が再出発の準備をするのを待っていると、隊商の護衛の代表者らしき人がこちらにやってきて、お礼とその気持ちとして金貨を数枚渡しに来てくれました。

これを遠慮せず受け取りつつ、ついでになぜオークに襲われたのかについても話を聞いてみると、原因も判明しました。

どうやら魔物を引き寄せるような品物を、十分な処置を施さずに運んでいた商人がいたそうなのです。それが原因で、森近くの街道を通った際にオークが引き寄せられ、街道のど真ん中で襲われる形になったのだとか。

そして、その原因とも言える商人は自分が運んでいた品物が原因と分かると、即座に一人で逃げ出したそうです。

恐らく、ここに来る途中ですれ違ったのがその商人なのでしょう。その話を護衛の代表者の方に伝えると、王都に到着すれば必ず報告し、その商人を捕まえると意気込んでいました。

とまあ、いろいろありましたが、最後は何事も無く隊商の準備も終わり、塞《ふさ》がっていた道も空いたため、私たちもウェインズヴェールへと再出発しました。

隊商の方々から別れ際に再びお礼を言われつつの出発です。なぜか鼻高々に、有咲さんが笑みをこぼしていたりもしましたが。その後は特に問題も無く、一日目の旅程を終了しました。

第二章

領都ウェインズヴェール

オークの群れとの遭遇以後、旅に異変らしい異変はありませんでした。初日こそ若干の遅れは出たものの、最終的には予定通り二日でウェインズヴェールへと到着しました。

旅の友となった老夫婦、冒険者の男性、そして御者の男性とはここでお別れです。

暫《しばら》くは、このウェインズヴェールの街を見て回ります。

「では有咲さん。早速、繁華街を見て回りましょうか」

「おう、行こうぜ、おっさん！」

有咲さんは堂々と私と腕を組んできます。あまり拒否するというのも可哀想な気がしてしまい、つい断れずに受け入れてしまいます。

まあ、結局は私が有咲さんに靡《なび》かなければいいのです。気にせず、仕事に集中していきましょう。

まずは、ここウェインズヴェールの特産品などをチェックしていきます。

繁華街に出ると、やはりといいますか、かなり賑わっていました。穀倉地帯というだけあって、食材も豊富だからなのか、屋台や料理店も多く見受けられます。

酪農なども盛んなのか、乳製品の並ぶ店も多くあります。チーズやバターのような加工品が多く、乳そのものが売られている店は限られています。

「あ、おっさん。アレ見てみろよ」

「はいはい、どれでしょう？」

有咲さんの指差す方向を見てみると、確かに驚くべき商品が並んでいます。

藁《わら》のようなもので包装された、豆類を発酵させた食品、つまり納豆に似た商品が売られていたのです。

私は有咲さんと連れ立って、早速その店に近寄っていきます。

「らっしゃい！　ご夫婦かい？　うちのトーフは美容にも良いって評判だよ、奥さんにどうだい？」

「トーフ、ですか。初めて見る商品ですね」

「そりゃあそうさ。よそに運ぼうとしたら、匂いに釣られて魔物が寄ってくるからな。基本、作った街で消費するしかねぇ代物さ」

なんと。旅の途中で起こったオーク襲撃事件の真犯人が見つかりました。

どうやら異世界の納豆は、名前は豆腐で、しかも匂いで魔物を寄せ付けてしまう危険食品だったようです。

「ちなみに、これってどんな匂いがするんですか？」

「魔物が好む匂いだが、人間には若干臭みのあるナッツって感じだな。品種改良が進む前はそりゃあもう酷い臭いだったって話だが、最近のはだいぶマシだぜ」

異世界納豆はあまり臭くない様子。これなら、においが苦手な人でも食べられるかもしれません。

「有咲さん。食べてみませんか？」

「まー、ちょっと気になるかな」

「と、いうわけで。店主さん、一つお願いします」

「あいよ！」

　こうして、ウェインズヴェール最初の買い物は異世界の納豆、トーフに決まりました。

　トーフを買った後は、有咲さんと一緒に店を見て回りつつ、休憩できる場所を探します。噴水広場が見つかり、ベンチがたくさん並んでいて休憩に適していたので、そこに腰を下ろします。

「さて、ではこのトーフとやらを実食しましょうか」

「えっ、おっさん、屋外で臭いもん食べるつもりなのか？」

　有咲さんが、マナー的な部分を気にしているようですね。

　しかし、私の場合は問題ありません。

「私は『加齢臭《かれいしゅう》』のスキルがありますので、これを駆使すると異臭はまとめて消臭可能なので、恐らくはトーフのにおいも周囲に広がる前に消すことが出来ますよ」

「そ、そうか。いや、加齢臭ってスキルがあるのもアレだけど、なんでそのスキルで消臭できんのか意味不明なんだけど」

「まあ、出来るものは出来ますから。有効活用していきましょう」

そう言って、私は早速トーフの藁を開封します。すると、内側からは見慣れた納豆、よりも大粒のネバネバした豆が姿を現しました。確かに、若干納豆のようなにおいもしますが、ナッツ類によくある香ばしさの方が強く感じられます。

「なるほど、これは思いのほか食べやすそうですね」

「じゃあ、ほら。おっさん、あーん」

私が豆に手を出す前に、有咲さんが指でつまんで差し出してきます。

「あの、有咲さん？」

「ほらおっさん。早く食えよ？」

「いえ、自分で食べられますので」

「ほら早く！」

ずい、と差し出してくる有咲さん。逃げ場がありません。

仕方ないので、有咲さんの指から直接トーフをいただきます。有咲さんの指を少しだけ咥《くわ》え込むような形になってしまいましたが、仕方ありません。

「どう？　美味《おい》しい？」

「そうですね。これは、かなりイケますね」

旨味《うまみ》もあり、少し塩気のようなものもあります。香りも納豆と違い臭みがあるものではないので、誰でも食べやすいのではないでしょうか。

ご飯に合わせてもいいですし、何なら単品でも結構イケます。お酒のおつまみにもなるでしょうし、食卓を彩る付け合わせの一品として、漬物のような形でも使えるかもしれません。

「これだけの食品が、王都でさえ無名だったというのは意外ですね。正直、もっと有名であってもおかしくない代物です」

「ふーん、原因がありそーだな」

「ええ。有咲さんは、何か気づきました？」

「もし、昨日のオークのアレの原因がこいつだったとしたら、たぶん原因は二つかな」

有咲さんが、自分の考えを語り始めます。

近頃は魔道具店での経験や、『カルキュレイター』というチートスキルの成長もあり、前提となる情報さえあれば有咲さんの方がより正しい見解を出せることが多くなってきました。

なので、こういった機会があれば、しばしば有咲さんの意見を求めるようにしています。

今回も、有咲さんは何か気づいたようで、躊躇わずに自分の見解を述べていきます。

「まず、輸送コスト。これのにおいで魔物が寄ってくるんだから、ただ運ぶだけでも大変なはずだろ？」

「そうですね。梱包のコストもそうですし、万が一に備えて護衛も通常より多く雇う必要があります」

「で、冒険者に依頼を出すわけだ。でも、普通の魔物の討伐と違って護衛依頼は安くなるはずなんだよ。違うか？」

「確かに、隊商の護衛依頼は割に合わない報酬《ほうしゅう》しか出ないことが多かった印象ですね」

私は、かつて冒険者だった頃のことを思い出しつつ答えます。

「まず、普通の魔物討伐の場合は依頼者がマジで困ってることが多いだろ。だから、何が何でも魔物を倒してほしいから報酬が値上がりしやすい。常設の魔物討伐も、国の事業としてお金が入ってるはずだから、報酬がいいはずなんだよ」

冒険者の仕事の一つが、常設依頼と呼ばれる街道周辺の魔物討伐の依頼です。これを冒険者と騎士団がこなすことで、街道周辺の安全が保たれ、都市間の移動が楽になっているのです。

まあ、先日のオークの件のような例外もあるので、ある程度の自衛手段は必要なのですが。

「ついでに言えば、自分から足を運んで魔物を倒す場合は準備が出来る。こういう魔物をこれこういう所で、こういう手段で殺す、って自分で決めて準備して、イレギュラーが無ければ順調に終わる仕事だからな。魔物と戦う必要のある依頼の中では、楽な方のはずなんだよ」

「なるほど、それは確かに」

思えば、新人冒険者は野良《のら》の魔物よりも、王都のマルチダンジョンのような生息、出現する魔物が決まっている場所を好む傾向がありました。その理由は、有咲さんが言うような魔物の強さ以外の難易度が関係しているのでしょう。

「で、それに対して隊商の護衛はいつ魔物が襲ってくるか分からない。どんな魔物が襲ってくるかも分からない。めちゃくちゃ大変なのに、商人側からすれば基本は座ってるだけの冒険者相手に普通の討伐以上の報酬を渡す気にはならない。だから、冒険者側の事情を考えてくれる奴じゃなきゃ、討伐系の依頼よりも日当に換算すれば安くなるぐらいの報酬を提示するのが普通になる」

「商人が利益を追求すれば、確かにそうなりますね」

「で、結果としてそんな割に合わない仕事でも受けなきゃいけないような、ロートルの冒険者が集まる。実力が低いわけだから、やっぱ報酬は低くて正解だって感じになって、なおさら金を出し渋って、っていう悪循環になるわけ」

有咲さんの見解は、確かにおおよそ正しいような気がします。実際、護衛依頼を受けるのは特定の隊商に信用を貰った冒険者が指名で受けるか、討伐依頼をバリバリこなすことのできない冒険者が集団で受けるものだという認識があります。

その背景には、有咲さんの言ったような事情があったのでしょう。

「で、そうなると輸送コストってのは金額以上にリスクが気になってくるんだよ。ロートルがいくら群れたところで、やべー魔物が襲ってきたら対処できないだろ？　だからトーフみたいなリスクの高い商品は、ちゃんとした冒険者を雇わなきゃいけなくなる。でもそうすると余計に金がかかるわけ。っていうか、ちょっと金を積んだぐらいじゃ普通の冒険者は仕事を受けたりしない。結局ロートルが群がっておしまい。だからそもそもの話、高ランクの冒険者とのコネがなきゃ輸送自体成立しない。以上、トーフがよその街に運べねー理由の一つ目な」

「理解できました。で、二つ目は？」

私が話の続きを促すと、有咲さんは頷いて話を続けます。

「単純に利益の話だよ。ほら、そもそもトーフには原料になる豆があるわけじゃん？」

「ですね」

「別にトーフにしなくても、それ売ればよくね？　って話。わざわざ加工して嗜好品《しこうひん》にしなくても、豆そのものがどこ行ったって売れるんだから。何ならトーフ用の豆が売れないとしても、ここならもっといろんな作物を育てられるはずだろ？　だからトーフをわざわざ作って売る理由自体が薄い。まあ、好きな奴は好きって感じの嗜好品だから、街の中で消費する分ぐらいは作られるだろうけどさ。わざわざ外に輸出しようって思わないんじゃない？」

言われてみれば、まったくのド正論。トーフでなくても、利益を出す手段はいくらでもあるわけですからね。

「分かりました。つまり有咲さんの意見は二つ。トーフそのものが商品として弱い。街の外で売るには輸送面での問題が大きい。という感じですね？」

「そーゆうこと。で、おっさんはそこんとこ、なんか面白いアイディアはある？」

「ええ、まあ一応は」

言うと、有咲さんはニヤリと笑います。

「さすが。で、何をやるわけ？」

「そこはお楽しみ、ということで。まずは、そうですね」

私は少し考え込み、最初にするべきことを脳内で取捨選択していきます。

「この街と王都間での、輸送コストについて具体的に調べましょうか」


まず私たちがやってきたのは、ウェインズヴェールの商人組合の役所です。通常は、組合への加入や商業活動の各種許可証の発行のために来る場所です。

今回は、この街の商人がどのような流れで輸送業務を冒険者に委託しているかについて質問するために来ました。

建物に入ると、総合受付らしい窓口が端の方にあったので、そちらに向かいます。

「すみません、少しいいでしょうか」

「はい。ご用件は？」

「実は、自分は王都の方で商業を営んでいるのですが、この度ウェインズヴェール産の農作物を仕入れたいと考えておりまして。そのために冒険者さんに護衛依頼を出して王都まで輸送を、と考えているのですが。ウェインズヴェールでは普通、どのような形で輸送業務を行っているのか知りたくてですね。その辺りの説明をお聞かせいただきたく思ってこちらに伺ったのですが」

「かしこまりました。詳しい者をお呼びしますので、少々お待ちください」

そう言って、受付さんは一度後ろの方へと引っ込みます。そのまま暫く待っていると、壮年の男性が姿を現しました。

「輸送業務についての詳細をお聞きになりたいとのことですが、お時間はよろしいでしょうか？」

「はい、問題ありません」

「では、別室の方でご説明しますので」

男性の案内に従い、私と有咲さんは別室へと向かいます。

部屋に入ると、そのまま席について男性が説明を始めます。

「まず、輸送業務全体の流れですが、ウェインズヴェールでは一律、組合の方で管理しております。他の都市に輸出を希望する場合、あるいは他都市からの輸入を希望する場合、どちらでもまずは組合の方で簡単な手続きをしていただければ、後は相場等を加味して隊商を組み、冒険者ギルドの方へと護衛の依頼を提出します」

「全て組合の方で決めているのですか？」

「ええ。そうしないと、あまりにも輸送に関連する護衛依頼が冒険者ギルドの方で乱立してしまい、特定の商会のみが独占するような形に落ち着いてしまいますので。機会を均等に割り振るために、隊商の編成も護衛依頼の提出も全て組合の方で行っております」

となると、依頼報酬についても隊商が決めている、ということになるのでしょう。

「ちなみに、冒険者さんの方への依頼報酬はどのような感じですか？　金額についてや、支払いまでの流れについて」

「はい。金額につきましては、冒険者ギルドの方とも協議をした結果、最終的な冒険者様への支払金額を決定しております。冒険者様への支払金額が決定すれば、そこから逆算して、隊商に加わる商会の皆様から、輸送品の内容に応じて集金し、これを報酬として使用させていただいています」

そこまで話を聞いて、急に有咲さんが口を開きます。

「中抜きは？　組合と冒険者ギルドでどれぐらい抜いてんの？」

その有咲さんの言葉を受けて、説明をしていた男性の表情が僅《わず》かに強張《こわば》ります。

「ええと、ですね。中抜きと言うと非常に悪いことをしているように聞こえるのですが。実際は組合の方で隊商の割り振り、輸送品の内容確認等を行っておりまして、そちらの事務手数料として、いくらかいただく形になっております」

「へぇ、なるほどね。取るんだ、事務手数料」

なるほど、有咲さんの意図が分かりました。別にこれは責めているわけではなく、事実の確認に過ぎないのでしょう。

そして、事務手数料を取っていることが言葉で確認できました。実際に中抜きのような結果になっているのは間違いないでしょう。

さらに言えば、冒険者ギルドの方も同様に手数料を取っているはずです。わざわざギルドが報酬の金額についての協議に一枚噛《か》む辺り、間違いないと見ていいでしょう。

元々、冒険者ギルドは依頼の斡旋料としていくらか報酬から差し引かれたものを冒険者に支払っているのですが。そこからさらに事務手数料まで取っているとすれば、二重に手数料を徴収しているような形にもなりますね。

これはなかなか、無駄の多い形態ですね。

「質問等は以上でよろしかったでしょうか？」

「はい、知りたいことはおおよそ分かりました。ありがとうございます」

質問したいことはこれ以上ありません。なので、最後に席を立ち、礼をしてから部屋を出ます。

そのまま有咲さんと並んで組合の建物を離れてから、口を開きます。

「やはり、輸送業務周辺がポイントとなりそうですね」

「だな。おっさんが言ってたアレ、確か最強の輸送業者とか何とかってやつ。マジでチャンスかもしんないな」

「ええ。それがはっきりしただけでも、かなりの収穫ですね」

魔道具店や工場では孤児院産のローブと、冒険者ギルドから依頼を通して集めた資源、そして個別に王都内部で手に入るものだけを仕入れていました。

なので、こうした輸送関連の穴については知る機会がありませんでした。

旅に出て、ウェインズヴェールを訪れたことで、偶然知ったトーフという食品をきっかけに一つの見地が得られたわけです。

「さて。それではもう一つ、確かめておきたい場所がありますので、そちらに向かいましょう」

「ん。やっぱ見ときたい感じ？」

「ええ」

どうやら、有咲さんは想像がついていたようですね。

「行きましょう、トーフの製造元へ」

ウェインズヴェールの観光案内板や道行く人々に聞きながら、小一時間ほどかけてとあるトーフの製造所に辿《たど》り着きました。

なんでもトーフを製造している施設は『トーフ蔵《ぐら》』と呼ばれているらしく、今回訪ねるのはそのトーフ蔵の中でも最も古くから続く老舗《しにせ》のトーフ蔵なのだとか。

トーフの直売もしているらしいので、一般客として普通にトーフ蔵へと入ります。

「ごめんくださーい」

「はいはい、いらっしゃいませ」

お店に入ると、着物に近いデザインの服を着たお婆さんが接客に出てきました。

「あの、こちらはウェインズヴェールで最も古くから続いているトーフ蔵だと聞いたのですが、事実でしょうか？」

「ええ、そうですよ。およそ千年以上前から続いているとも言われているんです。まあ、お店は何度も改装されてますから、本当のところは分かりませんがねぇ」

「ほうほう、なるほど」

千年とは、これまた随分昔からトーフは存在していたようですね。

「トーフというものを、実はウェインズヴェールに来てから初めて知ったのですが。これはどういった食品なのですか？」

「えぇ、トーフはですねぇ、かつて異世界から召喚された勇者様が考案したとされている食品なんですよ。栄養価も高く、健康、美容に良いとされているんですよ」

美容や健康に良く栄養価があるというのは、日本でよく知られている納豆そのものですね。

「で、実はこのトーフという名前ですがねぇ、勇者様の世界の言葉で『腐った豆』という意味なんだそうですよ」

「ほう、腐った豆ですか」

つまり、字で書くと豆腐。トーフは納豆なのに豆腐が語源とは。もうめちゃくちゃですね。

「名前の通り、トーフはお酒を作る時と同じで、お豆さんをトーフ菌という菌で発酵させたものなんですよ。とってもネバネバしていて、においもちょっと変わっているんだけれど、これはお豆さんを発酵させたからなんですねぇ」

「なるほど、そうやって作っていたんですね」

お婆さんの説明は既知の知識でしたが、ここは話を合わせて頷いておきます。

「それにしても、こんなに美味しいトーフなのに、どうしてウェインズヴェールでしか売っていないのですか？　他の街でも売れれば間違いなく人気になると思うのですが」

私が話の流れでお婆さんに問いかけると、何やら悲しそうな表情を浮かべて答えが返ってきます。

「それがねぇ。トーフのにおいは魔物を惹《ひ》き付けるらしくてねぇ。街の外に運ぶにはちょっと大変すぎるらしいんですよ」

ここまでは、既に知っている話です。が、さらにお婆さんは興味深い話を続けてくれます。

「最近は魔王軍とかいうのとずっと戦争をしているでしょう？　それでパン用の小麦の方が売れるからって、トーフ豆の農家さんも減ってきていますし。このご時世ですから、どうしてもトーフみたいな高価な食べ物は売れづらいですし。このままですと、昔ながらの製法で良いトーフを作っているトーフ蔵はどんどん潰れていっちゃうかもしれませんねぇ」

「それは、大変ですね」

「ええ。それを変えたいからって、どうにか他所《よそ》の街でもトーフを売ろうと頑張ってくれている商人さんもいらっしゃるんですけど、どうにも上手くいっていないようですし。もしかしたら、近い将来トーフは工場で作った大量生産品しか食べられなくなるかもしれませんねぇ」

どうやら、トーフ産業は戦時特需の反動で苦しんでいるようですね。私のように魔道具を売って稼ぐ業者がいるのとは逆に、こうして戦時中だからこそ売れづらくなる商品もあるわけです。

知識として知っているのと、こうしてお婆さんから直接話を聞いて実感するのではまるで意味が違います。

改めて、戦争中だからこそ成り立つ商売、工夫できる商売というのがあるということを痛感します。

と、そんな話をお婆さんとしていたところ、店内に居合わせた他のお客さんが反応しました。

「なんと！　そのようなことになっていたのですか、それは嘆かわしいことです！」

声を上げたのは、身なりの整った男性です。トーフ蔵のような店に来る客層とはまた違う雰囲気があり、どこかチグハグな印象を受けます。

ただ、トーフは納豆とは違い、お酒のツマミなどにも合いそうな味をしているので、恐らくはそちらの方向でトーフを好むお客さんなのでしょう。美容や健康を気にして食事を考えているようには見受けられません。

「私に出来ることなら、是非このトーフ蔵を支援したいぐらいなのですが。しかし、安易にお金さえあれば解決するという問題でもありませんし。ううむ、如何《いかん》ともしがたいですね」

男性は一人で考え込み、唸《うな》りだします。

何者なのでしょうか、この男性は？

謎の男性がうんうんと唸っているところに、私は声をかけようか迷います。何やら立場のありそうな人物なので、話を聞いてみる方がいい気もします。

が、単なる変な一般男性という可能性もあります。その場合は無駄足です。

どうするべきか、と思案していたところです。

「おう、邪魔するぜ」

トーフ蔵に、一人の荒くれ者が姿を現しました。見るからにガラが悪く、武器となる大きなバトルアックスを背中に背負った男です。

お客さんかもしれないと思い、お婆さんの方を見ましたが、どうやら違う様子。お婆さんは顔を顰《しか》めています。

「またですか。今日はどういうご用件ですか?」

「ああ?　寝ぼけてんじゃねぇぞババア。店畳む気になったかって聞きに来たんだよ」

「何度も言っているでしょう。うちは歴史があるんです。畳むつもりはありません」

「だからぁ、ババアの蔵ぁ潰して、代わりに新しいトーフの工場建てるだけだっつってんだろ。テメェでもうやってけねぇようになってんだから、よそに経営譲ってやるのが筋ってもんだろうが。ええ、コラ?」

突如現れた男は、お婆さん相手に凄みます。明らかに、真っ当な輩《やから》ではありません。

「ちょっと、そこの方」

私は男の肩をとんとん、と叩きつつ呼びかけます。

「ああん?」

そして男が睨《にら》みを利かせながらこちらを振り返ったと同時に拳を振り上げ、顔面に叩き込みます。

「がベッ!」

男は悲鳴を上げつつ、背中から倒れます。さすがに手加減はしてあるので、死ぬようなことはありません。せいぜい目が眩《くら》んで立ち上がれない程度のダメージでしょう。

「ああ、良かった。綺麗《きれい》なお顔にハエが集《たか》っていたんですが、無事なようですね」

言いながら、倒れたままの男の胸ぐらを掴んで無理やり立ち上がらせます。

「まだ何か、用事はありますか？」

「い、いや。今日はもういい！」

私が笑顔で凄むと、男は本能的な恐怖を感じたのでしょう。そのまま慌てて逃げ帰るようにして店から出ていきます。

あまりの急展開についていけないのか、お婆さんはオロオロと私を、そして男の出ていった扉を交互に見回します。

「素晴らしい！」

そんな中、状況を静観していた男性が声を上げ、拍手喝采します。

「伝統あるトーフ蔵を守るため、武装した不審な輩に恐れることなく立ち向かうとは。お名前を伺ってもよろしいかな？」

「はあ。自分は乙木雄一《ゆういち》という者ですが」

私が名乗ると、男性は何かに気づいたように顎《あご》に手を当てつつ言います。

「オトギユウイチ……という と、もしや近頃王都の方で話題の、魔道具店の方ですかな？」

「ええ、まあ。話題かどうかは分かりませんが、王都の方で魔道具店を営む乙木雄一なら、恐らく私のことかと思います」

「なんと！　これは素晴らしい！」

男性はポンと手を叩いた後、被っていたフードを下ろします。

「申し遅れたが、私の名前はルーズヴェルト・フォン・ウェインズヴェール。この領都ウェインズヴェール、及び近隣一帯を治めている者だ」

そして、男性はまさかの名前を名乗り上げました。


ルーズヴェルト侯爵の誘いにより、私と有咲さんは侯爵の屋敷に招待されることとなりました。

ちなみにトーフ蔵の騒動の件は、私が少々暴れたことに関してはお咎《とが》めなし。そして、今後同じようなことが起こらないよう、トーフ蔵周辺の警備に騎士団から人員を割《さ》いてくれるよう取り計らってくれることとなりました。

これでひとまず、トーフ蔵のお婆さんが地上げ屋の乱暴な行いに悩まされることは無くなるはずです。

さて、一方で私と有咲さんの方ですが。なぜ侯爵の屋敷に招待を受けたかというと、恐らくは何らかの商談のためでしょう。

特に、今回ルーズヴェルト侯爵はトーフ蔵の保護に興味を持っているようでした。そして私たちがトーフ蔵に興味を持って聞き込みをしている様はしっかりと見られていたわけです。

既に、私たちがトーフ蔵に関係する何らかの商機を見出《みいだ》していることは感づかれているはずです。

そうして侯爵とは別の馬車で屋敷に招待され、案内された部屋で待つこと三十分ほど。服装を貴族らしい煌《きら》びやかなものに着替えた侯爵が姿を現しました。

「お待たせしたね、乙木殿。改めて、私がルーズヴェルト・フォン・ウェインズヴェールだ。トーフ蔵の視察はお忍びだったのでね、騙《だま》すような形になってしまってすまない」

「いえいえ、お気になさらず。こうして侯爵様のお屋敷にお招きいただいて、光栄の極みです」

ルーズヴェルト侯爵が手を差し出してきたので、握手を交わします。

「さて、小難しい挨拶は抜きにしよう。早速本題に入るのだが、乙木殿はトーフ蔵からどのような商機を見出されたのかな？」

やはり、お見通しであったようです。侯爵が率直に本題から入ってくれたので、こちらとしてもすぐに核心から話すことが出来ます。

「実はですね、輸送業を営もうと考えておりまして」

私は、これまでに考えてきた輸送業についての話と、それがトーフの輸出に当たってどれだけ有効な手段であるかを話します。

冒険者ギルドと商会で取られる手数料を省《はぶ》きつつ、輸送専門に業務を絞ることで事業の効率化を図ること。そして、このやり方であれば少なくとも王都に向けてトーフを輸出し、現実的な値段で売ることが可能になることを説明しました。

するとと、ルーズヴェルト侯爵は感心したように頷きます。

「ふむ。なるほど、やはり乙木殿は噂通りの方のようだ」

どのような噂か少々気になりますが、今はそこを聞くべき時ではないでしょう。

ひとまず、私の計画に対しての侯爵の反応を待ちます。

「王都でトーフが売れる可能性は低くはない。だが、高くもないと思う。しかし、販路が広がるのはそれだけでこのウェインズヴェールにとって有益だ。出来るならば、私にもその計画、是非協力させていただきたい」

「それはありがたいですね。もしもウェインズヴェールで何かあった時は、是非頼らせていただきます」

どうやらなかなかの評価を貰えたようです。領主様のお墨付きともなれば、今後もしもトーフを王都で販売する際、箔《はく》も付きます。トラブルの回避に使える手札にもなりますし、一石二鳥と言えるでしょう。

「ところで、乙木殿はどこか有力な貴族からの支援は受けておられるのかな?」

「いえ、特には」

「ほう、それならば、私が支援者として名乗りを上げても構わないということだね？」

ルーズヴェルト侯爵が、さらに踏み込んだ話を始めます。

この場合、支援者という言い方はそのままの解釈では駄目でしょう。単に侯爵家から資金などの援助を受けるというだけではなく、逆に侯爵家の顔を立てるため融通を利かせる必要も出てくるはずです。

言い換えるなら、これは自分の派閥、傘下に入らないかという打診になるわけです。

「その場合は、こちらはどのような利益が得られるのでしょう？」

返事については置いておき、まずは支援を受けた場合のこちらのメリットについて聞いておきます。ここを流して漠然とした約束を交わしてしまうわけにはいきません。

「まずは当然、資金面の援助を約束しよう。他にも私が治める領地の範囲内であれば、商売の内容にかかわらず優遇する。要するに、商会の意向を伺う必要無く君の事業を進めてよいということだ」

「なるほど、それは魅力的な提案ですが。もちろん、こちらがいただくばかりでは済まないのでしょう？」

「まあ、それは当然だな」

侯爵は頷くと、自分の要求について話し始めます。

「私としては、今後君の開発する特別な魔道具を優先的に回してもらいたい」

「魔道具、ですか」

「ああ。君が作る魔道具は、これまでに存在していた魔道具とは一線を画する性能を誇る。それを成立させているのは恐らく君のスキルにある。違うかな？」

なんと、侯爵は私の作る魔道具の秘密についても察しがついていたようです。

確かに魔道具の性能を詳しく調べれば、通常の手段では付与不可能なスキルが付与されているわけですから。しかもそれを実現しているのは私だけ。

宮廷《きゅうてい》魔術師など様々なプロフェッショナルを差し置いて、私のような冒険者上がりの男が作れる理由があるとすれば、それは特別なスキルを生まれ持ったためだと考えるのが自然です。

まあ、実際は生まれ持ったというよりは廃棄スキルを押し付けられたわけですが。細かい違いでしかないので、本筋は合っています。

つまり、侯爵がこうして私のスキルに秘密があると予想しているということは、事前に私のことについて十分に下調べをしていたということになります。

となると、今日のトーフ蔵での出会いは偶然などではなく、最初から計算されていたことなのかもしれません。

私と有咲さんがウェインズヴェールへ向かって王都を出たことは、動向を窺っていればすぐに分かることです。

そして私との接触を図るために、あのトーフ蔵に正体を隠して来店した。

「否定しないということは、肯定として受け取らせてもらおう」

侯爵は、自身の予想をほぼ確信した様子で言います。

「つまり、私としては君の商才そのものよりも、その特別なスキルから製造される魔道具に価値を見出しているのだよ。恐らくその魔道具さえあれば、今後我が侯爵家が他のどの家よりも優位に立つことが可能だと思う程度にはね」

「それは、随分と高く評価いただけたようで恐縮です」

「いやいや、決して高すぎる評価ではないさ。君の存在、そして噂については、特に上級貴族の話題を席巻しているぐらいだからね」

私の魔道具が軍で採用され、前線で使用されていることを考えると、これはリップサービスというわけでもなさそうです。

そうなると、私を誰が傘下に加えるかで上級貴族間での競争が起こっているとも考えられます。

なかなか、判断の難しい状況です。迂闊《うかつ》にルーズヴェルト侯爵の傘下に入ってしまえば、想定しないトラブルを抱え込む可能性も大いにあるわけですから。

侯爵家との付き合いによる利益は気になりますが、しかしこちらも既に軍部や宮廷魔術師、シュリ君との付き合いがあります。

まず、侯爵に自分の立場を明白にした上で話を進めましょう。

「一応、私は既に軍部と取引がありますし、宮廷魔術師の方とも関わりがあります。その上で、さらに侯爵家との付き合いが増えることにどの程度の意味があるのでしょうか」

「ふむ、そうだね」

ルーズヴェルト侯爵は顎に手を当てながら考え込み、答えます。

「まず、我が国は貴族籍が無ければ扱えないものがいくらか存在する。例えばダンジョン産の高性能な魔道具等の取引は、貴族籍を持つ者か、貴族籍を持つ者に委任された者しかやってはならないことになっている。基本的に、こういった商売は利権の塊だからな。新規参入は本来難しいところだが、私であればどうとでも融通出来る」

説明から逆説的に考えれば、つまり宮廷魔術師や軍部の高官では手の出せない領域だということなのでしょう。

確かに、最強の運送業者計画でもそういったややこしい商品を扱う場合はあるでしょう。そうなった時、侯爵家から委任されているという事実があると無いとでは話が変わります。

実際にダンジョン産の品物の取引に関わるかどうかはさておき、そうした選択肢の幅があるというのはメリットでしょう。

「次に、大口の顧客として貴族を相手に商売が出来るようになるだろう。侯爵家の傘下、ということは同じ傘の下にある他の貴族家とも親しくなることを意味する。商機が増えることは間違いないだろう」

つまり、貴族というのはそれだけ閉鎖的な存在であり、ある程度の身内の保証がなければ取引に応じてくれることは少ないということでしょう。

ただ、私の場合は軍部の取引などで実績があり、有名ではあるらしいので、もしも傘下に加わらなかったとしても取引が不可能になるというわけではないでしょう。あくまでも、侯爵家の保証が加わることでより多くの貴族と、より簡単に取引可能になるということです。

しかし、そこにはデメリットも存在します。

「ですが、違う傘の下に集《つど》う貴族家の方々との取引は難しくなるのではありませんか？」

そう、つまり侯爵家の保証がつくことで、逆に侯爵家との関係がよろしくない派閥から敬遠される可能性があるわけです。

「それは事実、起こりうるだろう。しかし、全ての派閥が敵対関係にあるわけではない。むしろ、我々は比較的友好な関係にある他派閥が多いからな。貴族相手の商機を増やすためであれば、私の傘下に入るのが一番良いと言えるだろう」

もしもそれが事実であれば、デメリットはほぼ存在しないと言えます。友好的な態度の派閥とあえて敵対する派閥ともなれば、なんらかの厄介な問題を抱えている可能性が高いですからね。そういったグループとはむしろ、あまり関わり合いにならないほうが良いでしょう。

「なるほど、おおよそ理解できました。つまりウェインズヴェール侯爵家の傘下に入ることで、私は貴族籍のある方との関わりが無ければ手を出せない領域の商売にも手が出せるようになる。その上で、資金援助やウェインズヴェール領内での優遇というメリットも享受可能となるわけですね」

「ああ、その通りだ」

「そして、そちらの要求は新たに開発した魔道具を優先的に利用する権利が欲しいとのことですね？」

「ああ。それ以外に大きな要求は無い」

さて、メリットとデメリット、そして侯爵側の要求するものもはっきりしました。どうしたものでしょうか。

正直言って、私の最終目標の都合を考えると、あまりこの国の貴族など、体制側の人間と深く関わるのは得策ではありません。

とはいえ、それを差し引いても侯爵家の傘下に入ることで得られる利益は十分に大きいと言えます。

これは、ウェインズヴェール侯爵家が貴族社会でどのような立場にあるのか、詳しく調べた上でなければ回答が難しいですね。

後に回答する、という形にするとしても、この場で良い手応えか、あるいは悪い手応えかについては示しておく必要があります。こちらの都合でどっちつかずのまま回答を引き伸ばす、というのは不信感に繋《つな》がりますからね。

結果的にウェインズヴェール侯爵家との関係が悪化するだけ、という形にしないためには、ここである程度の方針を示しておくべきでしょう。

とまあ、私が様々なことを考えていたところで、さらに侯爵から言葉が付け加えられます。

「そうだな。メリットとして提示するほどのものでもないが、君を我が侯爵家の客人待遇で迎え入れるつもりではある」

客人待遇。侯爵家に所属するわけではないものの、侯爵家と繋がりがある人間として公式にこちらも名乗ることが可能になるということです。

そのメリット自体は確かに、さほど大きくはないものの、あると嬉しい程度のおまけにはなります。

ただ、それに続けて侯爵が挙げた提案が問題でした。

「そして乙木殿の姪にあたる君、確か有咲殿だったかな？　君を我が侯爵家の側室として迎え入れることも考えているよ」

それは、あまりにも想定から外れた提案でした。

突然の侯爵の発言に思考が一瞬停止してしまいます。

有咲さんを側室として迎える。それは確かに、この世界の常識で言えばメリットの提示になるのでしょう。

まず単なる平民が貴族、それも上級貴族である侯爵の側室として迎え入れられることはほぼありません。

通常、貴族というものは血というものを大事にします。上級貴族ほど顕著であり、侯爵ほどの地位を持つ人が平民から側室を迎え入れるということはほぼありません。

そして、この世界では側室に迎え入れられるということは貴族籍を持つということにもなります。正確には本人ではなくその子供ですが。

つまり、もしも有咲さんとルーズヴェルト侯爵の間に子供が出来た場合、私にとっても血縁者に貴族籍を持つ者が生まれるということになります。

それはすなわち自分自身もまた、特権階級の一員に加わることを意味します。客人待遇とは比べ物にならないほど、私個人の発言権が増すことにもなります。

また、回りくどい手段にはなりますが、貴族籍を持つ親戚が存在するなら、私もまた貴族籍を持っていても問題ないものと見なされ、階級は低いでしょうが貴族籍を手に入れる可能性さえ見えてきます。

　つまり侯爵は、それだけの特権を得る可能性を報酬として提示しているわけです。

　破格の報酬ですが、しかし、私はこれを受け取るわけにはいきません。

「すみません、それについては、受け入れられません」

「何？」

　私が拒否の姿勢を示すと、侯爵は驚いたような表情を浮かべます。

「何か不満があるのかな？」

「有咲さんは、私の姪です。彼女を私の商売のために利用するような形は取りたくないのです」

「ふむ、なるほど」

　侯爵は、顎を触りながら何かを考え始めます。

　これは都合がいいかもしれません。有咲さんを側室として迎え入れる、という発言を単なる報酬として提示出来なかった以上、侯爵側の交渉が失敗した形になります。つまり向こうのミスでケチがついたので、ここで一度話を持ち帰ったとしても、こちらの非は薄くなります。

「申し訳ありませんが、今日のお話はまた後日、返事をするという形にさせていただけませんか。まだこちらとしても、情報を整理しきれていませんので」

「そうか、仕方ない。今日のところはここまでにしよう。すまなかったね、色よい返事を期待しておくよ」

「善処させていただきます」

侯爵の差し出した手を取り、握手を交わしてこの場はお開きとなりました。

侯爵との交渉への返事はまた後日ということになったため、その日は屋敷を後にして、ウェインズヴェールの適当な宿泊施設で一晩を過ごすことになりました。

恐らくあの場で交渉に対して色よい姿勢を示していれば歓迎する準備はあったのでしょうが。今回はほぼ何の姿勢も示さずに話を切り上げたため、そうはならなかったようです。

宿を探して、街を歩いていると、有咲さんがふと口を開きました。

「おっさん、ありがとな」

「はい？」

「あの貴族のおっさんに、側室になれって言われたのに断ってくれただろ？」

有咲さんは、優しげに微笑《ほほえ》みながら言います。

「かばってくれて、嬉しかった。アタシが拒否するよりも、何よりも先におっさんが断ってくれて、ちょっと感動しちゃった」

「ええ、当然です。有咲さんは、大切な姪っ子ですからね」

「ふふ。だよな」

何か含みのある笑い方をする有咲さん。どことなく、全てを見透かされているような気がして、少し焦ってしまいます。

侯爵に、有咲さんを側室に、という話をされた瞬間。予想外のことに一瞬固まってしまったのですが、直後に断りの言葉を発していました。

有咲さんの意思確認をするまでもなく、私が独断で断ったのです。

そこには確かに、有咲さんを奪われたくないという気持ちが働いていました。有咲さんを守るという気持ちも当然ありましたが、同時に侯爵に有咲さんを渡したくないという気持ちも胸中に渦巻いていたのです。

それを有咲さんに見抜かれているのではないか、という気がしてしまいます。

有咲さんのスキル『カルキュレイター』は洞察力にも優れているはずですから、ありえなくはないでしょう。

そんな洞察力が私の本心を見破った結果、あの含みのある笑みがこぼれたのだとしたら。

「どーしたんだよ、おっさん？」

私をからかうように、挑発的な表情で有咲さんが腕を絡めてきます。

「いえ、なんでもありませんよ」

できるだけ平常心を保ちながら、そう答えます。

第三章

災禍の化身

ウェインズヴェールでの視察が終わった後は、特に何事も無く領都を出発することとなりました。

侯爵からの接触も無く、ひとまずは問題無く切り抜けられたようです。

ただ、侯爵の話を私が突っぱねて以降、有咲さんがさらに積極的になってしまって困っています。

腕を組むぐらいならまだしも、行く先々の宿泊施設では同じ部屋に泊まろうなどと言い出すほどです。

しっかりと説得した上で別の部屋に泊まっても、有咲さんは諦めることなく勝手に私の部屋に入ってきます。その都度しっかりと追い出しているのですが、それでも有咲さんは諦めず、同じようなことを何度も繰り返しました。

そうこうしつつも、視察の旅は順調に進みました。ウェインズヴェールのような目新しい発見こそ無いものの、それぞれの土地でどのような特産品が消費され、どのような文化があるのかという見地が増えました。

この経験と知識は、今後私が事業を拡大していく上で、きっと役に立つことでしょう。

やがて旅も終盤に近づき、とうとう予定していた軍の視察、魔王軍との最前線へと到着しました。

ここでの視察を終えれば、後は王都へと引き返すだけとなります。

「なんか面白いことが見つかるといいな」

「そうですね」

有咲さんと共に、視察の成果を期待しながら軍の基地へと向かいます。

基地への入場は、マルクリーヌさんからいただいていた書状のおかげですんなりいきました。むしろ、王都の騎士団長からの要望というのもあってか、軍人とは思えないほど丁寧な態度で、しっかりと出迎えてくれました。

基地の設備や備品の保守運営を担当する部署、輜重部《しちょうぶ》の軍曹さんが私と有咲さんを出迎えてくれた後、基地の総責任者である大佐の元へと案内されます。

「乙木殿の開発された高周波ブレードのおかげで、大きなステータス格差のある魔物相手でも撃破が可能になりましたので、結果的に防衛時の消耗が減っているんですよ。損耗が減っているおかげで兵站《へいたん》に割く予算にも余裕が出来ました。兵士の食事事情も改善して、近頃の戦果も相まって士気がかなり向上していますね」

「ふむふむ、なるほど」

案内の道中、輜重部の軍曹さんから高周波ブレードの評判を聞いていきます。

「使い勝手などについては、不満などは出ていませんか？」

「そうですね。武器が脆いこともあって、やはり刃の付け替えの手間で不満が出ています。前線では混戦になることも少なくないので、刃が折れた時は引かざるを得なくなります。なので高周波ブレードを装備した部隊は小隊単位で各地に配備し、一般装備の兵士で対応できない魔物のみ優先的に撃破するという運用の域を出ないのが現状です。思っていたよりも攻撃力が上がった感じはしないな、というのが現場の人間の感想ですかね」

やはり、ブレード部分の脆さがネックとなっているようですね。陣形を組んでカバーするという運用法を提示はしましたが、残念ながらそこは上手くいっていないようです。

今後、高周波ブレードの改良をするとすればその辺りになってくるでしょう。

単純にブレードの頑丈さを上げるという可能性も考えられますし、刃の付け替え機構を工夫して改良するという手段も考えられます。

実際にどうやって問題を解決するかは、今後の課題でしょう。

そうして軍曹さんと話をしながら歩くこと数分。大佐さんが待機しているという天幕に到着しました。

「ガウェイン大佐殿！　乙木雄一殿をお連れしました！」

「入りたまえ」

天幕の中から声が聞こえ、私と有咲さんは軍曹さんと共に天幕の中へと入ります。

すると、なんと中には思いもよらぬ先客が待っていました。

「あれ、乙木さん？」

声を上げたのは、金浜蛍一《かなはまけいいち》君。召喚された勇者の一人であり、勇者称号を持つ少年です。

そして隣にはもう一人。

「偶然ですね。お久しぶりです、乙木さん」

聖女の勇者称号を持つ、三森沙織《みもりさおり》さんです。

思わぬ出会いに面食らいながらも、私は二人に質問します。

「お二人は、どうしてこちらに？」

「実は、この近くまで魔王軍の四天王の一人が攻め込んできているとかで。俺と沙織が派遣されてきたんです」

「なるほど、そうだったのですか」

確か、勇者称号を持つ四人はこうして各地の戦場にしばしば派遣されているというふうに聞き及んでいました。今回も、そういった事例の一つなのでしょう。

「勇者殿。乙木殿とお知り合いだったのですか？」

「はい。乙木さんには支援をしていただいているんですよ」

「ほう、そうだったのですか」

金浜君と話をする壮年の男性、恐らくガウェイン大佐と呼ばれた人物がこちらに向き直ります。

「ようこそいらっしゃった、乙木殿。私がこの基地の総指揮官であるガウェイン・ボードウィン大佐だ」

そう言って、ガウェイン大佐は笑顔でこちらに握手を求めてきます。

「こちらこそ、視察を認めていただいてありがとうございます。私が乙木雄一。で、こちらの女性が美樹本有咲《みきもとありさ》。私の補佐をしてもらっています」

そう言ってから握手に応えます。がっしりと握手を交わした後、ガウェイン大佐が本題に入ります。

「ちょうど勇者殿とも作戦に関わる話をするところだったのだよ。できれば、乙木殿もこのまま出席していただけないかな?」

「私もですか?」

「ああ。乙木殿が開発した高周波ブレードを運用する突破部隊も関わってくるのでね。開発者からの意見も聞きたい。それに、こちらからの意見も実戦レベルの話をお伝えできるので一石二鳥だ」

確かに、手間は減るでしょう。が、作戦を私のような外部のような者に話してしまっても大丈夫なのでしょうか。

「おや。その顔は、自分が作戦の詳細を知ってしまってもいいのか、と疑問に思っているのかな?」

「ええ、まあ。そんなところです」

「あのマルクリーヌ殿の推薦で来ていただいた方を疑う理由はありますまい。そもそも、我々は乙木殿の開発した魔道具に感謝しておるのです。おかげで助かった命も少なくない。間者を疑うはずもないだろう？」

「しかし、情報が漏れるルートが増えるのは」

「ははは。漏れたところで、そう問題のあるような複雑な作戦ではないよ。単純な、ごく常識的な動きの再確認。認識の共有をするだけに過ぎない」

どうにも納得いきませんが、ひとまずガウェイン大佐が良いと言うのなら良いということにしましょう。

ひとまず全員で席につき、まずはガウェイン大佐からの説明を待ちます。

「さて。まず今回勇者殿をお呼びした最大の理由についての話をしよう。当基地はつい最近までは魔王軍との小競り合いも少なく、比較的平穏な状況が続いていた。だが、およそ半月ほど前から状況が変わったのだ。散発的に国境を攻めていた魔王軍の一部が、徐々にこの基地周辺の地域へと集合しつつある。恐らくは、突破部隊の運用開始により戦況が変わった影響であると思われる。が、重要なのはそこではない」

言って、大佐は大きなテーブルに満遍なく広げられた地図のある地点を指差します。

「この地点に、魔王軍が集結しつつある。その種族はアンデッドや悪魔系統の魔物、スピリット系の魔物が中心となっている。このことからある可能性を危惧し、偵察部隊を出したところ、そこに四天王の一人であるエルダーレイスのアヴァロンが来ていることが分かった。恐らく、今回の魔物の集結を指示しているのも奴だろう」

エルダーレイス、とはスピリット系の魔物の上位種と言われるレイスの、さらに上位種のことです。通常のレイスでさえ、都市一つを壊滅させる可能性があるほどの危険な魔物なのに、その上位種ともなれば驚威は計り知れません。

さらにそんな魔物が、無数の魔物を引き連れているのです。その危険度から言って、早急な対応が必要なことは間違いないでしょう。

「なぜこの時期にこの基地を、という点については、いくつか可能性が挙げられる。まず当基地は直近の戦闘経験が他の前線と比べて浅い。戦力が低いわけではないが、戦闘経験という意味では他の基地に劣るだろう。これを見越して、奴らはあえてここへの攻めを薄くしていた可能性がある」

「つまり、長期間にわたって続いてきた散発的な戦闘自体が、この基地を落とすための布石であったということですね?」

「そういうことです、勇者殿」

ガウェイン大佐は頷き、話を続けます。

「もしも当基地が陥落した場合、我が国最大の穀倉地帯ウェインズヴェールまで一気に攻め上がることも可能になる。もしもウェインズヴェールが戦火の被害を受けた場合、その損害は計り知れない」

輜重《しちょう》というものは極めて重要な要素です。そして補給される食料の多くを生産しているウェインズヴェールが被害を受ければ、必然的に軍の食糧事情が逼迫《ひっぱく》します。全体的な戦力ダウンは免れないでしょう。

「また、当基地から我が国の主要都市へ向かうには幾《いく》つかの山脈を迂回《うかい》しなければならないのだが、奴ら魔王軍にはドラゴンやワイバーン部隊、ゴブリンやオークなど山林に生息する魔物の部隊も少なくない。それを考慮すると、本来ならば地形に守られているはずの各都市に向けて、最短で戦力を差し向けられる拠点として機能しうる」

「なるほど。魔王軍にとっては、どこに攻め入るにしても都合がいい拠点になるわけですね」

「そういうことだ。無論、それを警戒しているが故に当基地には他の前線基地と比べても倍以上の兵士が常駐しているし、近隣の都市からも緊急時は騎士団が救援に来る手筈《てはず》にはなっている。だが、さすがに四天王に加えて各地から集まった無数の魔物の群れに一度に襲われて耐えきれるかどうかは分からん」

金浜君と大佐が話す内容から、どうやらこの基地は相当な緊張状態にあるようです。

さて、これでおおよその状況については把握できました。肝心の作戦については、どうするつもりなのでしょうか。

ガウェイン大佐は、いよいよ作戦についての詳細を語り始めます。

「そこで今回、勇者殿にも協力してもらい、魔王軍に先手を打つことにした。今回の相手は勇者殿と聖女殿の力が有効打となるアンデッド、悪魔、スピリット系統の魔物が中心だ。奴らが攻め込んでくる前に四天王か、あるいは魔物の群れを統率している上位種の魔物を討伐する。奴ら魔王軍は上位種の魔物による恐怖統治により軍を動かしているのが常だ。故に、頭さえ潰せば壊走し、集団で組織的に基地を襲撃するということは不可能になる」

「なるほど、軍隊として成立しなければ、それは単なる魔物の群れ。防衛するならそう難しくはないというわけですね？」

「そういうことです、勇者殿」

「少し構いませんか？」

私は挙手して、ガウェイン大佐に質問を投げかけます。

「壊走するとしても、相手は無数の魔物の群れです。それらが周辺に広がり、無作為に破壊活動を行うとすれば、それはそれで被害が大きくなるのでは？」

「それについては問題無い。既に周辺都市の騎士団に応援の打診はしてあり、作戦についても伝えてある。壊走する魔物の群れ程度であれば、問題なく処理してくれるだろう」

確かに、壊走する魔物の群れは遠くへ行くほどに密度が低くなります。この基地の周囲ならそれほど変化はありませんが、近隣の都市や集落に到達する頃には大きな脅威とはならないでしょう。

しかし、それはつまり。

「騎士団は、応援には来ないということですか？」

「そうだ。魔物の群れが基地を襲撃するタイミングには、どちらにしろ間に合わないだろうからな。それならば、作戦で生じる周辺の被害への対処に動いてもらう方が合理的だ」

理屈で言えば、確かにそう言えるとは思います。ですが、どうにも引っかかる部分の多い作戦です。

とはいえ、話は途中なのですから、ひとまず続きを聞きましょう。

「で、その肝心の作戦とは具体的にどのようなものになるのでしょうか」

「ああ、そこで乙木殿が開発した高周波ブレードが役に立つのだよ」

ガウェイン大佐は、自信満々に語り始めます。

「基本としては、勇者殿と聖女殿は温存しつつ敵本陣に送り込むことを目標としていく。突破部隊が既存の展開している魔王軍を強襲し、開いた穴に後続の兵力を送り込んで維持、拡大していく。この強襲をそのまま敵本陣まで直通させ、到達した時点で勇者殿と聖女殿に出てもらう。お二人に本陣を叩いてもらいつつ、我々は兵力で開けた穴を退路として維持しつつ防衛に徹し、突破部隊は下げる。お二人が十分に敵本陣を蹂躙《じゅうりん》した後、軍と共に後退。基地に帰還する」

話を聞く限り、かなり強引な強襲作戦のように思います。

「防衛といいますが、魔王軍に左右を挟まれた状態でそれが可能なのですか？」

「当基地の戦力の七割から八割ほどを送り込めば可能だと試算されている。しかも、これは乙木殿の耐刃ローブが無かった頃のデータを基に出したものだ。勝算は高いと考えているよ」

確かに、一般兵が耐刃ローブを着ていればそこらの魔物相手に負傷する可能性は極めて低いでしょう。守るだけ、かつ長時間でなければ不可能ではないはずです。

「ですが、時間が経てば耐刃ローブなど役に立たないような強力な魔物が集まってくるはずです」

「その頃には突破部隊が後退しているはずだ。彼らを運用し、突出した敵戦力のみ撃退していく」

なるほど、理屈としては無駄の無い作戦と言えるでしょう。

しかし、それは全てが予定通り、何一つイレギュラーなど発生せず順当に事が進んだ場合の話です。

戦場で、そのようなことがありえるのでしょうか？

そして何より。そもそも最も重要で守るべきものはこの基地です。なのに、戦力の七割から八割を基地の外に、それも長く突出させ撤退に時間がかかる形で出撃させ、勇者と聖女という貴重な戦力まで敵本陣のど真ん中に送り込んでしまうのは、どうも矛盾しているような気がしてなりません。

私なら、勇者という突出した戦力がある時点で防衛はほぼ確実に可能になったと考えます。

基地が陥落するとすれば、物量で長期間の攻めによるものか、四天王というイレギュラーな戦力によるものの二択です。

物量の問題は周辺の都市からの応援で解決可能なはずです。敵がどれだけ多くても、一度に基地を攻めることの出来る数は面の広さに準じますから。応援が来るまで耐えきることは、そもそも基地というものの存在意義からして可能なはずです。

そして四天王に関しては、勇者と聖女という突出した戦力が二つも用意されているのですから問題になりません。エルダーレイスのような魔物には聖女の持つ神聖魔法が極めて有効ですし、勇者は魔物全般に対して特攻効果のあるスキルを持っているはずです。

なので、二人が基地に到着した時点でここの防衛は成功したも同然のはずなのです。

故に、無理に攻め入る必要すら無いはずですが。しかしこのガウェイン大佐という人は、何がなんでも敵本陣の壊滅をさせたいご様子。

確かに大きな脅威を叩いてしまいたいという気持ちは理解できます。しかし、それは無意味な強襲作戦になるのではないでしょうか。

私がそのようなことを考えていると、金浜君が笑顔を浮かべつつ口を開きます。

「安心してください、乙木さん。何かあれば、俺と沙織がすぐ戻りますから。四天王なら既に一人倒したこともありますし、ステータスだってこんな感じです」

そう言って、金浜君は自分のステータスボードを表示してこちらに見せてくれます。

【名前】金浜蛍一
【レベル】85
【筋力】SSS
【魔力】SSS
【体力】SSS
【速力】SSS
【属性】光　炎　治癒　闘気
【スキル】勇者

「ほら。それに、沙織もなかなか強いんです」
「私も、結構やるんですよ？」
そう言って、三森さんも自分のステータスボードを表示します。

【名前】三森沙織

【レベル】76
【筋力】SS
【魔力】SSS
【体力】SS
【速力】SS
【属性】光　水　治癒　支援　結界
【スキル】聖女

「この通り、四天王程度なら問題にならないことは分かってますんで。もし基地に何かあったとしても、俺ら二人だけなら軍が戻るよりずっと早く戻れるはずです」

「そう、ですか」

勇者と聖女。この二人がすぐに戻ってくることが可能だと言うのなら、一応は安心なのでしょうか。

いえ、敵側の作戦が結局のところ分かっていないのですから、何とも言えませんね。

私と金浜君が議論を交わしていたところに、ガウェイン大佐が割り込みます。

「何にせよ、既に出撃の準備は整っているのだ。奴ら魔王軍が集結し終える前に、一刻も早く打撃を与える必要があることには変わりない。作戦の大筋を変更するつもりは無いよ」

そうガウェイン大佐が言うので、私もひとまず言葉をのみ込みます。不安要素はありますが、確かに敵を早めに叩かなければ大きな被害が出る可能性が高いのも事実です。魔王軍の態勢が整った後では、少なからず犠牲が出ることは間違いありません。

ここで叩くことが出来れば、被害を最小限に抑えることが出来るのも事実です。

「そもそも、このような作戦を実行する判断を下したのは乙木殿の魔道具のおかげでもあるのだがね？」

「私の魔道具が、ですか？」

「ああ。高周波ブレードの突破力。そして耐刃ローブの防御力。これらが無ければ、いくら勇者殿という戦力があるとはいえ、このような作戦に出ることは無かった。つまり、乙木殿の装備があったからこそ、こうして事前に魔王軍の大規模作戦を潰すために動けているのだ。結果的に、どれほどの命が救われることになるか。そのことを思うと、私は感謝してもしきれないほどの恩を感じているよ」

言って、ガウェイン大佐は私の方をしっかり見据えて言います。

「ありがとう、乙木殿。そして是非、今回の作戦にも協力してほしい。突破部隊の具体的な運用についても意見をいただきたい。この後は、そちらに向かって部隊長から詳しい話を聞いていただく形になるのだが、問題ありませんでしたかな？」

「ええ、それについては大丈夫です。こちらとしても、是非協力をさせてください」

「感謝する」

むしろ協力しなければ、もしも何かイレギュラーが起こった時に兵士の命を見捨てる形にもなってしまいます。そんな寝覚めの悪いことは出来ませんからね。

「では、これにて作戦会議は終了だ。勇者殿と聖女殿は出撃の準備を。乙木殿は突破部隊の方に向かっていただいて、装備に関する具体的なアドバイスを頼む」

こうして、ガウェイン大佐によるどうも杜撰《ずさん》な部分が目立つ作戦会議は終了しました。

会議終了後、私と有咲さんは並んで突破部隊の待機する場所へと向かいます。場所は金浜君と三森さんが知っており、待機場所も近いため、二人に案内をしてもらう形になりました。

「なあ、おっさん」

「はい？」

「たぶん、この基地ヤバい。なんもしないと落とされる」

有咲さんは、深刻そうな表情で言います。

「奇遇ですね。私も、そんな予感はしていました」

「アタシなら、もう一人四天王を出して単独で基地を落とさせる。ってか、それだけでこの作戦って崩壊すんのに、なんで警戒してないのか意味分かんないんだけど」

確かに、有咲さんの言う通りですね。見つかっているのがエルダーレイスだけだからといって、この基地に攻め込んでくる四天王が一人だけとは限りません。

「それは無いと思うよ、美樹本さん」

私と有咲さんの会話に、ふと前を行く金浜君が口を挟みます。

「魔王軍は一枚岩じゃないっていうか、バラバラなんだよ。四天王同士も仲が悪くってさ。戦場で魔王軍同士が争ってることだってあったよ」

「協力するなんてありえない、ってわけ？」

「そうそう」

有咲さんは金浜君の言葉を受けて、ため息を吐《つ》きます。

「じゃあ何？　魔王軍はそれぞれが別々の集まりで、向こうからすれば別の群れは敵同士とでも言いたいわけ？」

「そうだね。俺らが今まで見てきた魔王軍はそういう奴らばっかりだったよ。協力なんてしないし、なんなら味方同士で殺し合う」

「じゃあさ、なんでここの魔王軍は違うんだよ」

有咲さんの反論に、金浜君は面食らった様子で言葉に詰まります。

「基地の外には、フッーの魔物ばっか集まってるわけじゃん？　で、そっからずっと向こうまで行ったらおばけっぽい魔物ばっか集まってんでしょ？」

「そうだね」

「おかしいじゃん。敵同士だったら、フツーの魔物が今のまま待機してるわけなくない？　逃げるでしょ。後ろも前も敵しかいないんだし。基地の周りで普段通りにしてるはずないじゃん」

金浜君は、反論に困った様子でした。そして、なんとか言葉を絞り出します。

「でも、それは魔王軍が協力し合ってるかもって可能性の話だよね？　今まではそんなこと無かったんだし、たぶん何か別の理由があって」

「あるわけないし、あったから何？　ヤバそうってことに変わりなくない？」

金浜君は反論する手立てを思いつかなくなったのか、気まずそうに口を噤《つぐ》みます。

「ともかく、やることに変わりはありませんよ。基地が危険だからといって、これから金浜君や三森さんが勝手な行動をすれば、今度は前線で戦う兵士の皆さんの命が危険になりますからね」

「そう、ですね」

私が仲裁するように言って、金浜君は納得したように頷きます。有咲さんはドヤ顔を浮かべてフン、と鼻で笑っています。やたら挑発的な態度ですが、何が気に入らないのでしょうか。

ともかく、今は二人の口論を眺めているべき場合でもありません。

「ひとまず、私と有咲さんが基地に残ります。なので、ある程度の事態には対処出来るはずですよ」

私がそう言ってみせると、金浜君は首を傾げます。

「乙木さんは、四天王が来たとしても対処できるんですか？」

「ええ、可能です」

「なるほど、何かいい魔道具があるんですね。それなら納得です」

魔道具が理由ではないのですが、あえて訂正するようなことでもないので何も言わずにおきます。

ひとまず金浜君が作戦に集中できるようになったようなので良しとしましょう。

「では、乙木さん。俺たちはここで。この通路をこのまま真っ直ぐ進んで、左に曲がれば部隊が整列している広場に出れるはずです。俺らは準備をしてから向かいますんで」

言って、金浜君は右手側にある扉に手を掛けます。

「また後でお会いしましょうね」

三森さんも、その隣の扉を開き、中に入っていきます。恐らくは、装備などを整え着替えるつもりなのでしょう。

「けっ。勇者が何だよ、ただのバカじゃん」

「有咲さん。悪態をついても状況は変わりませんよ」

「分かってるっ！」

有咲さんはそう言って、少々乱暴に私の腕を取ります。

「行くぞ、おっさん！」

「ええ」

二人で、少し早足で目的地へと向かいます。

軍の兵士が整列する広場に出ると、既に話は伝わっていたようで、私と有咲さんは高周波ブレードを装備する突破部隊の方へと案内されます。

そして部隊長の方とも挨拶を終え、いよいよ本来の目的のために質問を開始します。

「それでは皆さん。まずは高周波ブレードについて何か不満点や、目立ったトラブルなどはありませんか？」

私が問いかけると、まず一人の兵士が挙手して答えます。

「この高周波ブレードさあ、もうちょっと頑丈になんないの？　戦場でポキポキ折れるからさぁ、結構めんどくせえんだわ」

その兵士の言葉に、ほぼ一同全員が頷きます。やはり、強度の不安は大きいようですね。攻撃力の代わりに頑丈さを失った剣では、打ち合いで防御的な使い方をすることが出来ません。

当てれば強力な攻撃になるとはいえ、やはり不満や不安が大きいのでしょう。

分かりきっていたことではありますが、やはりこの部分はどうにか対処しなければならないようです。

「強度に関しては、今後何らかの方法で対処する予定です。他には何かありますか？」

私が問いかけると、一人の気弱そうな兵士がおずおずと挙手します。

「あの。ちょっとこの剣、切れやすすぎて危ないっていうか。オレ、先輩の足に怪我《けが》させちゃったことがあって」

「そりゃおめぇが下手くそだっただけだろ、他に怪我した奴なんていねぇっつーの！」

どこからか突っ込みが入り、それに反応して一同がどっと笑い声を上げます。

気弱そうな兵士は俯《うつむ》いてしまいましたが、これは重要な意見です。確かに、高周波ブレードは混雑する戦場での取り回しが想定されている武器です。切れ味が良すぎるために、味方にちょっとかするだけでも怪我を負わせてしまう可能性が高いというわけです。

使い手の技量でどうとでもなる問題ではありますが、逆を言えば使い手のミス一つで味方が怪我をするような危険な武器でもあるということです。

これについても、早めに対処をしたほうがいいでしょう。

そして、その後もいくつか兵士から質問と意見が出てきました。が、それらは全て高周波ブレードの取り扱いに関する話題で、私が丁寧に説明をするだけで問題は解決しました。

とはいえ、正しい取り扱い方が伝わっていないのは問題です。取扱説明書のようなものも付属させるべきなのかもしれません。

「さて、では次です。耐刃ローブについての不満やトラブルはありませんでしたか？」

私が聞くと、今度もすぐに手が挙がりました。

「使いづらい！　普通の武器ならいいんだけどよぉ。俺らの高周波ブレードだと刃に絡まったり、ローブの端を切り裂いちまったりして不便なんだよ」

「そうそう、もうちょっと動きやすいっていうか、ひらひらしてない方がいいよな！」

確かに、耐刃ローブは身体に密着するような装備ではありません。戦闘中に翻《ひるがえ》った裾が邪魔になることも多々あるのでしょう。

これが普通の剣なら、ただ布の表面を刃が撫でるだけで終わるのですが。こと高周波ブレードに限っては話が変わります。振動する刃がローブを巻き取って絡んでしまうことも、端を切り裂いてしまいダメにしてしまうこともあるでしょう。

「分かりました。では、今後高周波ブレードを扱う部隊の耐刃ローブについては形状を考慮して製作していきましょう」

その後もいくつか質問をしていきましたが、目立った問題はありませんでした。一通りの聞き取りは終わったため、広場を離れます。

聞き取り終了直後に、軍は進軍を開始。私と質疑応答を交わした高周波ブレードの突破部隊もまた、前線へと向かいました。

現在は、基地内部の一室にて有咲さんと共に待機中です。

「なあおっさん。高周波ブレードと耐刃ローブ、どう改良するつもりなんだよ」

退屈しのぎも兼ねてなのか、有咲さんが質問してきます。

「そうですね、まだアイディア段階でしかないのですが――」

「うんうん」

「チェーンソーを作ろうと思っています」

私が言うと、有咲さんは一瞬の間を開けた後。

「は？」

それだけを呟きました。

私の言葉に疑問を抱いたのか、有咲さんはかなり訝《いぶか》しげに顔を顰めています。

「あのさ、おっさん。アタシは高周波ブレードの話してたんだけど。なんでチェーンソーの話になるわけ？」

「そうですね。では、一から説明していきましょうか」

私はそう告げて、説明に本腰を入れます。

「まず、有咲さん。地球人類の発明の中で、最も偉大な発明品は何だと思いますか？」

「えーっと、何急に。分かんない。スマホ？」

「そう、それは歯車です」

「話聞いてねーな？」

スマホなどと言われては話の腰がバキバキに折れてしまうため、やむをえず強行的に説明を続けます。

「地球人類は回る板、ただそれだけのものをいくつも組み合わせ、様々な発明をしてきました。そうしたあらゆる発明の起源であり、必要不可欠な存在が歯車なんです」

「はいはい。で、それがチェーンソーと何の関係があるわけ？」

すっかり有咲さんは聞き流す姿勢に入っています。最近は私の気合の入った説明、ちょっとばかし余計なうんちく入りのものをこうして聞き流すようになってしまいました。

最初の頃は感心しながら聞いてくれていたというのに。少々悲しいですが、説明を続けていきます。

「歯車を偉大な発明たらしめるものは何か。それは回転です。そして回転とは、二つの軸の上下運動の組み合わせでもあります。要するに振動と歯車。この二つがあれば地球人類の歴史上存在してきたあらゆる発明品を作ることが出来ます」

「ほうほう。んで？」

「そこで私は、以前から考えていたのです。貧乏ゆすりのスキルを付与した物体を動力にすれば、歯車を使って機械的な仕組みを持つ魔道具を開発することだって出来るのではないか、と」

「そっかそっか。で？」

あまりにも生返事なので、本当に悲しくなってきました。が、説明を続けます。

「そしてここにきて、耐刃ローブの問題も関わってきます。高周波ブレードが絡まってしまう、という問題点が挙げられていましたね？」

「だな」

「そこで私は逆に考えたのです。絡まってしまってもいいさ、と」

いよいよ説明は佳境に入ってきます。が、有咲さんは興味も無さそうにしています。

「まず、耐刃ローブの裾が邪魔になるとのことなので、そもそもの耐刃ローブを作業用のつなぎ服のような構造で仕立てます。これを仮に、耐刃つなぎと呼びましょう。そうすれば、着用者の動きを邪魔するようなことはありません」

「はいはい」

「そして武器が耐刃つなぎに触れた時に絡まることで、武器の振動機構を停止します。ちょうど、地球にも存在するアラミド繊維入りの作業服と同じ仕組みになります」

「いや、そんなこと言われても見たこと無いし」

まあ、確かに一般の女子高生がアラミド繊維入りの作業服の仕組みを知っているということはそうそう無いでしょう。

「そして有咲さん。このアラミド繊維入りの作業服が、どのような構造の機械による負傷から身を守ってくれるのかについてですが。それがまさに、チェーンソー。最初の話に戻るわけです」

「あーそう」

「既存の高周波ブレードのような、直接的に貧乏ゆすりスキルを付与した物体で攻撃するのではなく、振動をエンジン部分に使い、機械的な仕組みで稼働する武器を作るのです。チェーンソーのような構造の武器であれば破壊力は申し分ありませんし、仮に耐刃つなぎに触れてしまったとしても、耐刃スキルの付与された繊維が刃に絡まって停止します。攻撃力を落とすこと無く、かつ既存のものより安全かつ頑丈な武器になるというわけです」

私が言い終わると、有咲さんはじとりとした目でこちらを睨みながら言います。

「要するに、貧乏ゆすりスキルをエンジンに使ってチェーンソーを作る。こいつを高周波ブレードの代わりに使う。耐刃ローブをつなぎっぽく仕立てる。そうすれば今日挙がった問題は全部解決するってことだろ？」

「まあ、簡単に言えばそうなりますね」

「だったら最初っからそう言え！」

バシン！　と有咲さんに肩を叩かれ、怒られてしまいます。

私としては退屈になりがちな説明を盛り上げるため、物語性を盛り込んだ解説をしたつもりだったのですが、それが逆効果だったということでしょう。

個人的には納得は出来ていませんが、とはいえ有咲さんは忠告をしてくれたわけですからね。お礼を言わなければなりません。

「ありがとうございます」

「なんで？　ねえ、なんで叩かれて感謝すんの？　キモいじゃん？」

随分久しぶりに、有咲さんにキモいと言われたような気がします。そうして、ちょうど有咲さんと改良案についての話を終えた時でした。

「襲撃だぁ！　ドラゴンが攻め込んできたぞォ！」

と、遠くで兵士らしき者の叫び声が響きます。

私と有咲さんは顔を見合わせ、頷きます。

「やっぱ、予想通りの展開になったな」

「ええ。一刻も早く救援に向かいましょう」

そう言って、私と有咲さんは共に部屋を飛び出します。

騒ぎの大きな方へと駆けていくと、どうやら中心地は兵士たちが集合していたあの広場のようです。

既に作戦通り進軍を開始した後なので、あの広場も含め、既に基地はかなり手薄な状態。故に上空から攻め入るドラゴン相手に十分な迎撃が出来ず、そこまでの侵入を許してしまったのでしょう。

私と有咲さんが広場に駆けつけた頃には、既にドラゴンが基地内に着陸までしており、兵士たちは抵抗する気力も失ったのか、手にした武器を構えることもなく項垂《うなだ》れています。

「これは、どういう状況でしょうか」

「俺たちを捕虜にするつもりらしい」

私の呟きに、ちょうど近くにいた一人の兵士がぼやきます。

詳細を聞き出そうとしたところで、ちょうど広場に着陸している巨大なドラゴンが口を開きます。

『我が名はアレスヴェルグ！　魔王軍四天王が一柱、カイザードラゴンのアレスヴェルグである！　諸君らの基地は我々が占領する！　命が惜しくば即座に投降せよ！　逆らう者は八つ裂きにしてくれよう！』

巨体から発せられる声は、奇妙なことにただの唸り声のような音にしか聞こえません。しかし、なぜか脳内に直接言葉が響くようにして意味が伝わります。

恐らくは、このドラゴンがテレパシー的な能力を持っているのでしょう。

ひとまず、ここはカイザードラゴン、アレスヴェルグの言いなりになるつもりはありません。私は一人、兵士たちの合間を抜けて彼の目の前まで歩み出ます。

『何者だ、貴様！』

「乙木雄一という、しがない魔道具店の店主です」

『何ぃ？』

「捕虜になれという提案、受け入れかねます。ですので、私一人でも抵抗させていただこうかと思いまして」

『ほざくなよ、人間が！　やれッ！』

アレスヴェルグがそう命令した途端でした。上空を旋回するように飛んでいたドラゴンたちが何匹も急降下してきます。そして地面すれすれで減速し、滞空したまま口を開き、ドラゴンブレスと思《おぼ》しき攻撃を繰り出してきました。

私は即座にスキルを使用。『疫病』により腕を鬱血させ、そこから『鉄血』にてオリハルコンの壁を展開。

いかにドラゴンブレスと言えども、最高峰の金属であるオリハルコンを焼き払うことは不可能だった様子。

とはいえ、熱によるダメージは存在するのですが。ただこれは、既に私のステータスが十分に高

いおかげで無視できる程度のものです。

ドラゴンブレスが途切れると同時に、私はオリハルコンの壁を収納。即座に駆け出し、ドラゴンたちに接近します。

そのまま鞭のようにオリハルコンの刃を振るいつつ、これらを『貧乏ゆすり』で高速振動させ、切れ味を上昇させます。

そうしてドラゴンたちを襲った無数の刃は、まるで抵抗を感じることも無く、スパリとドラゴンの首や頭、胴体を切断。

一瞬のうちに、下っ端らしきドラゴンたちは全滅しました。

しかし親玉である四天王アレスヴェルグは、オリハルコンの刃であってもダメージが入りませんでした。鱗に傷ぐらいは付いたように思いますが、切断するには至っていません。

『ほう。貴様、人間にしては少々やるようだな。だが、我にはその程度の攻撃は通じんぞ！』

アレスヴェルグはそう宣言すると同時に、私へめがけて巨体を振るい、尻尾による打撃を繰り出します。

これを私は腕にオリハルコンを纏《まと》いつつ防御します。

が、さすがに体重差もあり、威力も桁違《けたちが》いでした。私は踏ん張りきれずに、そのまま吹き飛ばされてしまいます。

勢いよく広場の端まで飛ばされ、背中から壁に激突。轟音《ごうおん》を立てて壁は崩れ落ち、私は瓦礫《がれき》の中へと埋もれてしまいます。

『ふん、たわいもないわッ！　グハハハハッ！』

自慢げなアレスヴェルグの笑い声がテレパシーで伝わってきます。同時に、勝利の雄叫びのような唸り声を天に向かって放っています。

まるで勝ったような空気を出しているところに悪いのですが、私は無事です。

ひとまず私は瓦礫の中からゆっくりと身体を起こし、服に付いた埃《ほこり》を払いつつ呟きます。

「さすがに四天王ですね。これまでに戦ったどの魔物よりも強い」

『なっ！　き、貴様、なぜ無事なのだ！』

「理由ですか？　端的に言えば、ステータスが高いからですよ」

『ステータスだとォ？』

「気になりますか？」

『見せろ！』

まさか見たがるとは思っていませんでしたが、見せて減るものでもありませんし見せてあげましょう。

恐らく、これが彼の最期の望みになるのですから。

「こちらが、私のステータスになります」

そう言って、私は自分のステータスボードを表示し、アレスヴェルグに合わせてサイズを大きく変えて見せつけます。

【名前】乙木雄一
【レベル】796
【筋力】SS
【魔力】SS
【体力】SS
【速力】SS
【属性】なし
【スキル】ERROR

『な、何だそのステータスは！　勇者でもないのに、なぜそのような力を手にしているのだ！』

私のステータスに驚いた様子のアレスヴェルグが問いかけてきます。

せっかくですし教えてあげましょう。

「私は『疫病』というスキルを持っています。これは人を疫病に侵すことで経験値を得られるスキルです。私はこのスキルを使い、常に自分自身を疫病に侵し続けました。身体能力がCランク冒険者相当まで落ちる程度の、かなりキツめの疫病でしたので、順調にレベルは上がり続けていましたよ。おかげで今では、目標の千レベルまで視野に入ってきました」

『な、なぜだ！　そのようなスキル、ただの人間が持ちうるはずが無い！』

アレスヴェルグの言う通り。私のこのスキルは、女神様の手違いで獲得することになったスキルですからね。

とはいえ、そこまで詳細を教えてやるつもりはありません。そろそろ終わりにしましょう。

せっかくですから、今まで相手が『弱すぎて』使うことの出来なかったスキル、戦法を試していきたいと思います。

「それでは、アレスヴェルグさん。冥土《めいど》の土産はお楽しみいただけましたか？」

『クッ！　調子に乗るなよ、人間！　貴様が強いとはいえ、そのステータスは我とほぼ同等！　まして我は筋力、魔力共にＳＳＳに到達しているのだッ！　貴様に敗北する道理など皆無！』

「そうですか、それは良かった」

私はニコリと笑います。

「それだけ強ければ『耐えて』くれますね？」

次の瞬間。私はこれまで一度も使わずに封印してあったスキルを使いました。

『は。へ？』

まるで糸が切れた人形のように。

アレスヴェルグの巨体が、力なく崩れ落ちます。

『な、何が』

「なるほど、三割ほどの力でもこれだけの効果があるのですか。やはり、迂闊に自分へ使わずにいて良かった」

『何をほざいている！』

「スキルですよ。言いましたよね、私は『疫病』スキルを『ずっと使い続けてきた』と。レベルが八百にも到達するほど使い込んでいるわけですから、当然スキルは進化しますよ」

私が『疫病』を使い続けることで得た、さらなる力。

そのスキルの名前は『災禍《さいか》』。疾病だけでなく、根拠の無い呪詛のような力も含め、他人に付与することが可能になったスキルです。

その名前があまりにも禍々《まがまが》しいこと。そしてどれだけの効果を発揮するかその辺の雑魚魔物相手ではまるで計測出来なかったこと。例えばゴブリン程度ではコントロールの練習にもならず、一瞬にして朽ち果て死んでしまうことから、これまで使うことの無かったスキル。

レベルが六百台の中盤に差しかかった頃に習得したものですが、今まで試しに使うことすらろくに出来ないでいました。

ですが、今日は都合がいい。

すぐに死なない上、ちょうど無抵抗になってくれる程よい敵が目の前にいるのですから。

「さて、アレスヴェルグさん。せっかくですので、貴方《あなた》を対象にいろいろ試させていただきますね」

『ため、す？』

「ええ。今まで使えなかったスキルたち。そしてスキル同士を組み合わせた戦法。とっくの昔に出来るとは分かっていたのですが、使う相手がいなかったものですから。今日はむしろ、お越しいただいてありがとうございます、と言いたいぐらいですよ」

かつて有咲さんのカルキュレイターを使用した時。私は『災禍』も含め、数々の力を得る未来を予想することに成功しました。

しかし、得たところで使う相手がおらず、テストすら出来ずにいました。

今日はちょうどよく、魔王軍の四天王が来てくれたのです。基地を防衛するついでに、一通りテストを済ませてしまいましょう。

私は崩れ落ちたままのアレスヴェルグに近寄りながら、どのスキルから試していくか考えます。

そうですね、まずは即死する可能性の低いものから試していきましょう。

「ではアレスヴェルグさん。まずは『災禍』と『加齢臭』のコンボから試させていただきますね」

私は言って、二つのスキルを同時に、全力で発動します。

まずは『災禍』にて自分を呪います。呪詛と疫病の二重苦で自らを苦しめます。当然、肉体は負担から脂汗を流しますし、何より疫病を患《わずら》った皮膚からは異臭が漂い始めます。

そうした臭いの微粒子を『加齢臭』のスキルで増幅します。

私の身体から漏れ出した呪詛と疫病の微粒子は、途端に黒い煙のようなものになって周囲に漂い始めます。

それと同時に、私は自分のスキルが確かにこの瞬間、次の段階を迎えたことを感じました。

「ふむふむ。なるほど、これがカルキュレイターの予想した、『加齢臭』の可能性ですか」

私が単なる体臭による魔物撃退手段として使っていたスキル。ですが、カルキュレイターはこのスキルの先を見通していました。

こうして『災禍』により生まれた微粒子を増幅することで、加齢臭は単なる臭いから実際に他人を呪い、病に侵すスキルへと変貌しました。

そのスキル名は『瘴気《しょうき》』。肉体から呪詛と疫病に満ちた煙を自在に発生させる力を持ったスキルです。

早速、私はこの『瘴気』を発動。『災禍』と『加齢臭』で生み出していた時よりもスムーズに、大量に黒い煙が発生します。

そして煙は私の意思である程度操作出来るようです。アレスヴェルグの右腕に集まるよう念じたところ、ある程度の煙が実際に集まり、包み込みます。

『グアアアァッ！』

痛みからか、アレスヴェルグが叫び声を上げます。

咄嗟に『瘴気』を解除してみると、一瞬で黒い煙は消え去ります。そこには、まるで酸か何かでもかけたかのようにドロドロに崩れ落ちたアレスヴェルグの右腕がありました。

「スキル『瘴気』の威力がここまでとは。加齢臭もバカに出来ませんね」

想像以上の威力に満足しつつ、そんなことを呟いてから次のスキルのテストに入ります。

続いて試すのは『鉄血』のスキルです。

まずは腕から流れ出る血液を『災禍』で呪い、大量の『瘴気』を集めて濃縮。生み出されたのは、極めて濃い呪いと病魔が圧縮された赤黒い血液。

これが、私が求めていたさらなるスキル。習得したスキルの名前は『詛泥《そでい》』。私自身の血液から、濃厚な呪いと病魔が宿る液体を生成するスキルです。

そしてこの『詛泥』ですが、呪いを凝縮した物体であるため『瘴気』と共に霧状に散布することも可能。また、素材が私の血液なのですから当然『鉄血』スキルの対象にもなるわけです。

「この『詛泥』を『瘴気』と共に拡散、漂う霧となり空間のあちこちに存在させることが可能になった私の血液は、それでもまだ私の『鉄血』スキルの対象内です。ですので、こういうことが出来ます」

私は『詛泥』をアレスヴェルグの周囲に展開させます。彼自身を包み込んでしまうと、瘴気以上の呪いを持つ『詛泥』により即死してしまう可能性がありますので、注意が必要です。

そうして展開した『詛泥』から、瞬時に無数のオリハルコンの刃を生成します。

腕を振って鞭打を行った時よりも、さらに効率的に。無数のオリハルコンを糸状に生成し、これを『貧乏ゆすり』で振動させて切断力を高めます。

さらには『詛泥』を経由することでオリハルコンは変質し、呪われた金属へと変貌しています。

触れるだけで人の皮膚を爛《ただ》れさせるような力を発揮するようになった、無数のオリハルコンの糸。

これがアレスヴェルグの鱗を上から斬《き》りつけます。

結果として、最初にオリハルコンの一撃を防いだはずの鱗はいとも容易《たやす》く切断され、アレスヴェルグの巨体のあちらこちらに切り傷を刻みます。

『ゴハッ！　な、何が起こっているのだ？』

アレスヴェルグは血を吐きました。恐らくは切断されたことによるダメージに加え、オリハルコンの刃を介して『詛泥』の呪いを受けたためでしょう。

「そろそろお疲れでしょうから、楽にしてあげましょうか」

私は求めていた二つのスキルを習得し、その使用感のテストも済ませたため、決着をつけることにしました。

既に身動きの取れていないアレスヴェルグです。このまま放置して詛泥と瘴気による呪いでゆっくり死んでいくのを待つことも可能ですが、念のために手早く始末してしまうのが良いでしょう。

「では、お疲れ様でした、アレスヴェルグさん。おかげで私も、予定通りの力を得られていると確認することが出来ました。ありがとうございます」

そう告げて、次の瞬間には『詛泥』からオリハルコンの刃を生み出し、アレスヴェルグの首を切り落とします。

当然、これで死んだはずですが、油断はしません。死体はそのまま大量の『詛泥』で包み込み、腐らせ、溶かし、完全に消滅させます。

すると、幸いなことにアレスヴェルグの鱗は希少な金属を含む結晶構造をしていたようで、一部が『鉄血』スキルで収納可能でした。

このまま溶かしてしまうのも勿体《もったい》ないので、回収してしまいましょう。

そうして十数秒ほどの時間をかけて、アレスヴェルグの死体は溶けて無くなりました。

驚くべきことに、アレスヴェルグは首を切り落としてもまだ意識があったのか、泥の中で何やらもごもごと喚いていました。

『恐るべき、忌まわしき力。災禍の化身め』

と、言われていたように聞こえました。

ともかく、これでアレスヴェルグとの戦いは終わりです。

無事、基地を守りきることは出来ました。

第四章

すれ違い

戦闘、と呼べるかは怪しいですが、ともかくアレスヴェルグとの戦いは決着がつきました。上空にはまだそれなりの数のドラゴンが存在するようですが、どうやら指揮官を失ったことにより瓦解《がかい》し始めているようです。一匹、また一匹と明後日の方向へと飛び去っていきます。

私はそれを確認すると、これで基地を守りきったのだと判断し、一息ついてから有咲さんの方へと振り向きます。

「これでおしまいのようですね」

「そうだな。いや、それよりおっさん。なんだよあの黒いやつ！」

有咲さんは、驚いたような表情を浮かべてそう聞いてきます。

「何だと言われると、そうですね、私が本気で戦闘する時のスキルでしょうか」

「なんだよそれ。それって、それってさぁ」

有咲さんは俯いて、少し震えた後、がばっと私の肩に掴みかかってきます。

「ちょーかっけえじゃん！」

そして、目を輝かせながらそんなことを言い始めました。

「なんか黒くて、ヤバくて、悪い感じがしてさあ！　ちょいワルって感じでちょーイカしてんじゃん！　何あれ、普段からもっと見せろよ！」

「いえ、普段から使うには少々強すぎる力ですので」

「なんだよそれ、なんかもうその言い訳もなんかかっけーし！」

どうやら私の新たなスキルたちは、有咲さん的にはアリなようです。

と、そんな雑談をしていた時です。

突如、ドラゴンたちが旋回する上空で強烈な光が炸裂。空が眩《まばゆ》い光に包まれたと思った次の瞬間には、なんとドラゴンは一匹残らず全滅。

力なくドラゴンたちが墜落していくのが見えます。

その一部は基地内部にも落ちてくるように見えましたが、不思議なことに見えない壁のようなものがそれを阻み、ドラゴンの死体が基地の施設を破壊するようなことはありませんでした。

突然の事態に何事か、と思っていると、上空から声と共に人影が舞い降りてきます。

「乙木さん！　無事ですか！」

それは勇者、金浜君の声でした。

降りてくる人影は、金浜君と三森さん。どうやら何らかの魔法で空を飛んでいるらしく、ふわりと広場の中央に着地します。

恐らくはあのドラゴンたちを瞬殺したのが金浜君の力であり、基地を守ったのは三森さんの力でしょう。

さすが勇者と聖女、規格外の力です。

「ええ、無事ですよ」

「こっちに四天王のアレスヴェルグが来たと思うんですが、どこにいますか？」

「彼は私が既に倒してしまいましたが。何か問題がありましたか？」

「た、倒したっ？」

今度は金浜君が驚く番でした。どうやら私が四天王を倒せるとは思っていなかったようです。

「はい。問題無くアレスヴェルグは撃破しました。証拠といいますか、証言はこの広場にいる兵士の方々に聞けばよいかと」

「あ、いえ。倒せたと乙木さんが言うなら、実際そうなんでしょうね。いやあ、まさか乙木さんがそこまで強いとは思ってませんでしたよ！」

そして、どうやら私がアレスヴェルグを撃破したことを信用してくれる様子。

「乙木さんなら何か不思議な魔道具を使って四天王相手でも時間を稼げると信じていましたし、場合によっては倒せるとは思っていましたけど。さすがに無傷で、こんな短時間で倒してしまえるとは予想もしていませんでした」

「なるほど」

確かに、いくら私が強くとも、勇者である金浜君からすれば自分ほどには及ばないと考えるでしょう。そして金浜君にとって対四天王戦が楽勝だったとしても、私や有咲さんがそうとは限りません。

実際、金浜君と三森さんが駆けつけるのが今になる程度には時間がかかっているのですから。その予想は無理の無い自然なものでしょう。

「そういえば、例の四天王はどうなりました？　エルダーレイスの」

「ああ。奴は俺と沙織を闇の異空間に封じた後、すぐに逃げ出しましたよ。どうやら集めた魔物の軍隊は俺たちにぶつける戦力じゃなくて、俺と沙織を封じる闇の異空間を生み出すための生贄だったようです」

「ほう、そういうことですか」

つまり魔王軍は勇者と聖女を異空間に封じて無力化しているうちに基地を占拠。人質を取ることで結果的に勇者と聖女を無力化。基地を拠点として奪取しようとしていたわけですね。

アレスヴェルグも基地の人間を積極的に殺そうとはせず、捕虜にすると言っていましたから、その点から考えても向こうの作戦は大筋ではそういった感じだったのでしょう。

しかし、基地には私がいたために人質は取れなかった。

結果として時間を稼がれたにもかかわらず、勇者と聖女を無力化するには至らなかったというわけですね。

「何にせよ、目立った被害は無かったようで良かったです」

「ええ。作戦で前線に出ていた兵士の皆さんも、今は撤退している最中です。負傷者ぐらいは出るとは思いますが、死者、重傷者はいないと思いますよ」

「それは良かった」

私は金浜君と話しながら、ふと三森さんの方に視線を向けます。

すると、なぜか三森さんは顔を俯け、具合悪そうに身体をぷるぷると震わせています。

「三森さん、どうなさいましたか？」

「いえ、あの。大丈夫ですので」

そう答えた三森さんの声は、とても大丈夫そうには聞こえません。震えを抑え込みながら、どうにか絞り出したような声です。

「とてもそうは見えません。本当に大丈夫なのですか？」

「はい、平気です。なので、その」

「しかし、敵から何か呪いのようなものを受けた可能性もあります。ここは安静にしておいたほうが」

と、言いながら私が三森さんに歩み寄った時でした。

「んほぉ！」

奇声を上げ、白目を剥《む》いた三森さんは、そのまま気を失って倒れ込んでしまいました。

「さ、沙織っ！」

「三森さん！」

慌てて私と金浜君で三森さんに駆け寄ります。どうやら本当に気を失っている様子で、しかも何かの影響により身体はびくびくと痙攣《けいれん》しています。

危険な状態だと判断した私は、すぐさま三森さんを抱え、救護室へと運び込みました。


救護室に三森さんを運び込んだ後は、私が看病を引き受けました。

金浜君は勇者としての役割、仕事があります。それに、三森さんが倒れたのは私が近づいた瞬間のことでした。原因がはっきりしないにせよ、私が何らかのトリガーになった可能性は否めません。

なので、責任を持って看病をすることにしました。

三森さんは気を失ったまま、半日以上ベッドの中で眠っていました。

そして深夜、誰もが寝静まった頃になってようやく目を覚ましました。

「あれ、ここは」

「目が覚めましたか。体調はどうですか？」

私が聞くと、三森さんは何かに気づいたようにハッとして、すぐにベッドから起き上がりました。

「すみませんでした、乙木さん！　私、はしたない姿をお見せしてしまって」

「いえいえ。しかし、何があったのですか？　やはり敵から何らかの呪いの類《たぐい》を受けた可能性が」

「ち、違うんです！　これは、その、えっと」

三森さんは、何やら恥ずかしそうにもじもじしながら、言葉を選ぶように言います。

「私の、えっと、体質みたいなものが原因なんです」

「体質、ですか？」

「はい。あの、できればとても恥ずかしい話なので、誰にも話さないでいてほしいんですけど」

どうやらデリケートな話になるようなので、私は頷きます。

「誰にも話さないと約束します。それで、本当に敵の攻撃などが原因ではないんですね？」

「はい。倒れた理由ははっきりしています」

頷いてから、三森さんは答えます。

「乙木さんの、体臭です」

「体臭」

思わぬ答えに、私はそのまま同じ言葉を繰り返してしまいます。

「話せば長くなるのですが、まず私は『聖女』というスキルを持っています。このスキルは複数のスキルが集まって出来ていて、その中には『慈愛』というスキルもあります。これは他人に対する嫌悪感を和らげる効果があって、例えば負傷した兵士の方がどれだけグロテスクな状態であっても、比較的冷静に治癒魔法を使えるといった利点があるんです」

　勇者称号の一つ『聖女』。そのスキルの内容は私では判別できないのですが、当の本人があると言う以上は事実なのでしょう。

「そして、この『慈愛』なんですが、効果は割り算じゃなくて足し算なんです」

「足し算、というのは？」

「例えば、ちょっとの嫌悪感を覚える程度のものなら、スキルの効果でちょっとだけ好感が足されて、結果的に嫌悪感が緩和されます。これがかなりの嫌悪感を覚えるものなら、かなりの好感を足し算することで、嫌悪感を緩和しているんです」

「なるほど。つまり、仕組みとしては発生する嫌悪感をスキルの効果で直接低減しているのではなく、嫌悪感を反対の感情を生み出して緩和しているというわけですね？」

「そういうことです」

　一度頷いてから、三森さんは話を続けます。

「で、この嫌悪感を覚えるものについてなのですが、実は基準が絶対的なんです」

「絶対的？」

「はい。私の感情を基準にしているわけではなくて、一般的な人がどう感じるか、というのを基準として嫌悪感の程度が測《はか》られるわけです」

「なるほど、それが絶対的、という言葉の意味ですか」

しかし、聞いた感じからすると、どうも欠陥を抱えているような気がしますね。

「そして、これが原因で不具合も起こります。その一つが、今回私が倒れてしまった理由です」

やはり、と言うべきでしょうか。スキル『慈愛』による問題を、三森さんは抱えている様子。

「私がどう思っていようが、世間が嫌悪感を覚えるものなら『慈愛』の効果で好感を足し算されます。なので、世間がとてつもない嫌悪感を覚えるものに私が強い好感を抱いていた場合、さらに好感が足し算されてしまって、多幸感で気が狂いそうになってしまうんです」

「なるほど。強すぎる好感が、逆にデメリットとして成立してしまう、と」

まるで麻薬のような効果です。そう考えると、なかなかに恐ろしい不具合だと言えます。

と、そこまで考えて気づきました。多幸感で気が狂いそうになる。それが原因で、今回は倒れてしまった。そして最初に言っていた、原因は私の体臭だという証言。

まさか。

私が気づいてしまったというような視線を三森さんに向けると、恥ずかしがりながら秘密を明かしてくれます。

「えっと、つまり。その。私って、実はすごい匂いフェチなんです」

なんと言ってよいやら。

かける言葉が見つからずに困惑していると、三森さんはさらに話を続けます。

「元々、私は父親がとても好きで、お父さんっ子だったんです。そしてお父さんの、つまり壮年男性の体臭とか、そういった匂いも気づいた頃には好きになっていました。元々、男の人の体臭を嗅いで、それでちょっと気持ちよくなっちゃう、そんな恥ずかしい性癖持ちだったんです」

「それは、なんと言いますか」

「はい。私も一応、年頃の女の子ですから。誰にもこんなことを言ったことはありません。この世界に来てからも、ずっと秘密にしていました。でも、『慈愛』というスキルのせいで、とても困ってたんです。日本にいた頃はこっそり楽しんでいただけでしたけど、この世界に来てからは正気を保つのに苦労するぐらいになってしまって」

本当に困った様子で、三森さんはどんどんと話を続けます。それだけ、ずっと抱え続けていた悩みなのでしょう。ここは口出しせず、話を聞くことに集中します。

「そんなことがバレたら、悪い貴族の人に悪用されてしまうかもしれませんし。匂いからくる多幸感を、薬物によるものの代用が可能だとしたら、私は合法的に薬漬けにされて、誰かの言いなりになってしまうかもしれません。そんなことも考えると、怖くて、ずっと秘密にするしかありませんでした」

「なるほど。確かに、ありえない可能性ではありませんね」

「そんな時、私は救いを見つけました。それが、乙木さんの体臭です」

「私ですか？」

問い返すと、三森さんは深く頷きます。

「乙木さんの体臭が、一番好きなんです。一番気持ちよくて、一番嗅ぎたい匂いだったんです。それこそ、パパの体臭よりもずっとすごくて。だから買い物に行くフリをしながら、定期的に乙木さんの匂いを堪能しに行ってました。そうすることで、貴族の人たちの体臭に負けないよう、気を保っていたんです」

「そう、だったのですか」

まさか、私の体臭がそのような形で役に立っていたとは。世の中、何が役に立つか分からないものですね。

「とにかく、私にとって一番すごいのは乙木さんの体臭なんです。で、今回は乙木さんから今までに無いほど濃厚で、芳《かぐわ》しくて、とにかくもう筆舌に尽くしがたい最高の匂いが漂っていたので、私、興奮しすぎて、その」

顔を赤らめながらも、三森さんは興奮した様子で、口走る言葉を止める様子はありません。どうも様子がおかしい。

私が制止するより先に、三森さんは暴走を始めます。

「達しちゃったんです。あの時、目の前が真っ白になって。気持ちよすぎて、もう、自分で自分が制御できなくって。だから私、もう一度あれを感じたいんですっ！」

次の瞬間。三森さんは興奮した様子で、私に抱きついてきました。

怪我をするといけないのでしっかりと受け止めました。結果として、抱き合うような姿勢になってしまいます。

「お願いです、乙木さん！　アレをくださいっ！　私、もうアレがないとダメになっちゃったんです。乙木さんじゃなきゃダメなんです！」

「あの、三森さん落ち着いて」

「だったらくださいっ！　早く私に匂いをください！」

このままでは埒《らち》が明かないので、仕方なく私は『瘴気』をうっすらと発動します。恐らく、あの時の三森さんの反応から察するに、私の身体から漂っていた『瘴気』の残り香が原因でこうなってしまったのでしょう。

元はスキル『加齢臭』なのですから、その上位スキルでもある『瘴気』が三森さんを快楽に狂わせてしまうのも無理のない話です。

「ああっ！　これ、これですぅ！　んはぁっ！」

三森さんは私の胸元に顔をぐりぐりと押し付けながら、漂う『瘴気』をすうっと深呼吸で吸い込

みます。

「好き、好きです。好き好き大好きっ！」

「あの、三森さん。ひとまずこれで満足でしょう、落ち着いてください」

「待ってくださいっ！　もうちょっと、あと少しだけでいいんですっ！」

誰かに見られたら、勘違いされてしまいそうな状況。三森さんの評判を下げかねません。とはいえ、狂わせてしまったのは私ですから、どうにも拒否しきるつもりにもなれません。

どう対処すべきか。三森さんの妙な気迫に圧倒されながらも考えていると、救護室に足音が近づいてきます。

「おっさん。さすがに疲れただろ。アタシが代わ、る、けど」

足音の主は、有咲さんでした。

「あの、有咲さん。これは」

「いや、いい。分かってる。おっさんの嫁が今さら一人や二人増えたぐらいで、アタシはなんとも思わないし？」

「いえこれは」

「じゃあこれ差し入れな！　アタシ寝るから！」

そう言って、有咲さんは私に向かってリンゴを一つ投げてよこします。そして、逃げるように足早で救護室から立ち去っていきます。

呆然《ぼうぜん》とその背中を眺めながら、私はどう言い繕おうか考え、結局やめます。

「あの、乙木さん。いいんですか？」

心配するように、三森さんが私の胸元から顔を上げて聞いてきます。心配するぐらいならこの姿勢をやめてほしいのですが。まあ、瘴気中毒状態の彼女には酷な提案でしょう。

「いいんです。彼女には、嫌われたほうが」

そうすれば、私も有咲さんに未練を感じずに済みます。有咲さんだって、私を諦めて自分の幸せのための道を選べるようになるでしょう。

そんな、言い訳めいたことを考えながらも、私は有咲さんの立ち去っていった方を呆然と眺め続けました。


三森さんが無事、と言うべきかはともかく目覚め、翌日には体調が回復したのもあり、その後は何事も無く時間が過ぎてゆきます。

基地の兵士の方々に感謝されつつ、各所を視察して新たな魔道具の開発のためのアイディア収集。

そしてガウェイン大佐から正式に感謝状を贈られたり、といろいろありました。

その間、有咲さんは塞ぎ込んでいるというわけでもなく、かといって元気でもなく。どこか遠い目をしながら、何かを考え込んでいる様子でした。

そして最近はずっと激しかったスキンシップが収まり、むしろ妙に距離を置くような素振りさえ見せ始めたのです。

少々寂しい気持ちになりつつも、元々の計画通りなのですからこれで良かったのだ、と自分に言い聞かせます。

そうして数日ほどを基地で過ごした後、いよいよ王都へと帰る日がやってきました。

せっかくだから、という話になり、帰路は金浜君と三森さんのお二人も加えた四人の旅となることに決まりました。

滞在最終日、基地を発つ前に、ガウェイン大佐と挨拶を交わします。

「では乙木殿、重ね重ねになるが本当に感謝する。貴方がいなければ、今頃この基地は無論、兵たちの多くの命が無事では済まなかっただろう」

「こちらこそ、分かっていて作戦を止めませんでしたから。その分やるべきことをやったまでですよ」

「何にせよ乙木殿に救われたという事実は揺るがぬよ。この恩は、いつか必ず返す。困ったことがあれば、いつでも頼ってくれたまえ」

「ええ、そうさせていただきます」

そうして私はガウェイン大佐と握手を交わしました。

後は何事も無く、四人で基地を出発。最寄りの都市までは、徒歩での旅になります。

基地を出発した直後、有咲さんがふと口を開きます。

「そうだ、おっさん」

「はい、何でしょう」

「帰りにさ、一回あそこに寄ってくんない？　ウェインズヴェールだっけ、そこの領主さんのとこ」

「それは、別に構いませんが」

恐らく向こうは歓迎してくれるはずでしょう。が、何かやり忘れた、伝え忘れたことなどあったでしょうか？

用件が思いつかず、つい首を傾げてしまいます。

「何かあったでしょうか？」

「いや、アタシ個人の話だから。おっさんは気にしなくていいよ」

そう言って、有咲さんは私の前まで駆け寄ってきてから言います。

「よーし、そうと決まれば急がないとな！　やりたいこと、やるべきことはいっぱいだからな。っしゃあ、やる気出てきたぞぉ！」

どこかわざとらしくも感じる声色で、そんなことを言い始めます。そして有咲さんは早足になりながら、一人で道を先行していきます。

そんな様子を見て、私だけでなく同行者の金浜君と三森さんも訝しみます。

「乙木さん。彼女、何かあったんですか？」

「ええと。あったと言えばあったのですが」

「やっぱり、あの時の私のせいでしょうか？」

三森さんが、申し訳なさそうに俯きます。

「気にしないでください、三森さん。私もあの時はあれで問題無いと判断しました。それに、先ほどの有咲さんの態度の直接の原因とは考えづらいですし」

「そう、でしょうか」

三森さんは納得していない様子で、不安げに俯いたままです。

そんな様子を見かねてか、金浜君がパン、と手を叩いてから提案します。

「じゃあ、こうしましょう。一度、沙織は美樹本さんと話をしてくる。謝った方がいいなら謝る。で、俺は乙木さんから詳しい話を聞かせてもらいます。何があったのか、何が原因なのか。二人で考えた方が答えも分かりやすいはずですから」

「そう、だね。うん。分かった。私、有咲ちゃんに謝ってくる！」

金浜君の提案が効いたのか、三森さんは先行する有咲さんを追って、駆けていきました。

そして取り残された私と金浜君。

「さて、乙木さん。いろいろ聞かせてくれませんか？　そもそもの美樹本さんと乙木さんの関係から、全部」

核心を突くように、金浜君は言いました。


正直言って、私には迷いがありました。有咲さんを傷つけるようなやり方には抵抗があったのです。

しかし、このままずるずると答えをうやむやにしたまま、近い距離感を維持するのには問題があるとも感じていました。

なので今日まで、有咲さんに対して強行的な手段で諦めてもらえるよう働きかけてきたのですが。

先ほどの、どこか痛々しくも感じる有咲さんの様子を見て心が揺らいでしまいました。

それもあってか、私はつい、いろいろなことを金浜君に自白してしまいました。

有咲さんが、私に対して抱いている感情について。そして、今回の旅の目的について。私が有咲さんに諦めてもらえるよう働きかけてきたこと。さらには、三森さんの看病中に起こった勘違いについても。三森さんの性癖については伏せる形で告げました。

　すると、金浜君は何かを考え込むような様子で、こちらに尋ねてきます。

「それで、結局のところ、乙木さんは美樹本さんをどう思ってるんですか？」

　その質問に、私は顔を顰めます。

「どう思っているにしろ、答えは一緒です。私は叔父であり、有咲さんは姪です。結論は変わりません」

「そうですかねぇ」

　私が肝心な部分を誤魔化すように答えると、金浜君はあっさりと発言を否定しました。

「異世界まで来て、そんな地球の、それも日本の倫理観に縛られる必要は無いと思いますけど。結局、俺らってこの世界で上手く生きていくしかないわけじゃないですか。この世界でダメなことはダメだし、良いものは良い。その上で幸せになろうと思ったら、そういう日本の話を持ち出すのはちょっと違うと思うんです」

　金浜君は、困ったように苦笑いを浮かべてから話を続けます。

「例えばですけど、俺って今は婚約者が三人もいるんですよ。これって日本だと良くないっていうか、ダメなことだと思うんです。けど、この世界では違う。俺も、そして婚約者のみんなも納得してて、それで不幸にならないなら、これでいいと思うんですよね。といいますか、幸せになりたいと思ったら、むしろ受け入れるしかなくて。これで俺は一人としか結婚しません！　って意地を張ったほうが、何かと問題が多くなって、みんな不幸になるかなって考えてるんです。だから今は、こういう状況でも納得してるんですけど」

そこまで言ってから、金浜君は一度間を置いてから、私の方をしっかり見据えて言います。

「最初は、僕も悩みました。でも、これが一番だって今は思ってます」

「それは、確かに納得が出来ます。が、重婚と近親婚では話が違いますよ。ましてや私と有咲さんには年齢差もあります。彼女の幸せを思えば、やはり姪っ子に手を出すような真似をしてはいけないのですよ」

「そうですか？　乙木さん、そもそもこんな異世界にまで来て、そこまで大人らしく振る舞う必要がありますか？」

金浜君の言葉に、私は一瞬だけ言葉に詰まります。ですが、しっかりと考えた上で頷きます。

「私は、有咲さんを幸せにしてあげたいのです。彼女を守りたい。それが本心であるのは間違いありません。ですから私は、あの子の叔父として、責任を持たなければいけません」

「責任、ですか。でも、それこそちゃんと気持ちに応えてあげる方がいい気がしますけど」

私は、首を横に振って否定します。

「私では、有咲さんの気持ちには応えられませんよ。幸せにしてあげることは出来ません」

「どうしてですか？」

「前科がありますから。私はたぶん、彼女を不幸にしている」

それこそ、彼女が生まれたその瞬間から。

私という存在は、有咲さんの隣に並び立つには不適切なのです。

「だから、私が有咲さんをどう思っていようと関係無いんです。私は有咲さんの気持ちには応えられない。有咲さんには諦めてもらう。その上で、有咲さんの幸せのために、叔父として尽くせる限りの力を尽くしますよ」

「そう、ですか」

金浜君は、難しい顔をして考え込んでしまいます。暫く、そのまま沈黙が続きました。が、やがて金浜君の方から口を開きます。

「ひとまず、乙木さんの考えは分かりました。理屈も、理解はできます。ただ、せめて美樹本さんの話も聞いてみてからにしませんか？　結論を出すにしても、それからでいい気がします」

つまり、私と有咲さんにお互いの意見をぶつけ合え、ということなのでしょう。

「今までに、そういったことはしてきてないんですよね？」

「そうですね、確かに。じっくりと話し合ったことはありません」

言われてみれば、勢いや思いつき、一人で考えたことを一方的にぶつけたことはあっても、互いの意見を順に出し合い、対話して結論を出そうとした覚えはありません。

そういう意味では、確かに結論を出すには時期尚早なのでしょう。

「分かりました。ひとまず、有咲さんからも話を聞いてみます」

「そうしてください。たぶん、そのうち沙織が美樹本さんを連れて戻ってきますから。それから考えましょう」

こうして、男二人で話し合える限りのことを話し終えました。私と金浜君は、先に進んで会話を交わす二人が戻ってくるのをただ待つばかりとなりました。

「まったく。いい年して情けない限りです」

沈黙の最中、私はふと、そんな独り言をぼやいてしまいました。

「いいえいえ。誰だって、困っちゃいますよ。気持ちの問題ですから」

そんなふうにフォローを入れてくれる金浜君は、私なんかよりも遥かに大人びて見えました。

暫くすると、三森さんだけが戻ってきました。有咲さんは、一人で先行したままです。

「あの、乙木さん。有咲ちゃんから話を聞いてきたんですが、少しいいですか?」

「ええ、どのような話をしてきたのですか？」

私が聞くと、三森さんは悲しげな目をして語ります。

「この間の夜のことは、もう誤解していなかったみたいです。後々考えたらおかしい、って気づいたらしくて。だから私には、特に怒ってないから気にしないでって言ってくれたんですけど」

どうやら、先日の夜の誤解は既に解けていたようです。

しかし、だとすればなぜ三森さんの表情は優れないのでしょうか。

「じゃあどうして、様子がおかしいのかを聞き出してみました。そうしたら、有咲ちゃんは自分が間違ってたんだ、って言いました」

「間違っていた、と？」

「はい。ずっと一緒にいて、観察していたから乙木さんの気持ちはお見通しだったそうです。だから最初は舞い上がってたらしいんですけど、いくら努力しても乙木さんが自分を拒絶するから、それが余計につらくなっていったらしくて」

言われて、心が痛みます。

やはり私の選択は、有咲さんを傷つけていたようです。

「で、乙木さんがそこまでするんだから、じゃあ正しいのは乙木さんだから、って言ってました。今までの自分が間違ってたんだって」

「それは、そういうわけでは」

ありません、と続けかけた言葉は飲み込みます。この場で言っても、仕方のない言葉です。

決して有咲さんが間違っていたというわけではなく。ただ、私が有咲さんを受け入れるわけにはいかない。それだけのことなのです。

有咲さんが、自分を責める必要はありません。

「乙木さん。やっぱり、よく話し合ったほうがいいですよ」

金浜君が、諭《さと》すように言います。

「そうですね。このままではいけませんね」

私は急ぎ足で、先を行く有咲さんの方へと駆け寄っていきます。

「有咲さん！」

私は追いつくと、すぐに有咲さんに呼びかけました。

「おっさん。なんだよ」

「いえ、その。話をしたいと思いまして」

「話すようなこと、あったっけ？」

どこか突き放すような有咲さんの言葉に、私は閉口してしまいます。

「あー、ごめん。なんか、そういうんじゃなくて」

そして、有咲さんは私の様子を見て、すぐに訂正しました。

「なんていうかさ。今までいろいろあったけどさ。一旦冷静になろうかなって。んで、おっさんとはもう付き合わない。あ、いや、関係が無くなるとかじゃなくてさ。男と女っていうか、彼氏彼女みたいな、そういうやつは狙わないっていうか」

「それが、有咲さんの選択なのですか？」

私が問うと、有咲さんは頷きます。

「うん。正直、今でも好きだよ。おっさんのこと。でも、おっさんが望まないなら、それでいい。おっさんはおっさんの、アタシはアタシの幸せのために、出来ることを精一杯やる。それだけじゃん。それしか、ないじゃん」

どこか悔しそうに、言葉尻が震えていました。私は心配になって、有咲さんの顔を覗《のぞ》き込みます。

すると、その目からは一筋の涙が溢《あふ》れていました。

「有咲さん！」

「あれ。あはは、おかしいな。なんか、そういうつもりじゃないんだけど。ヤバいね」

言うほどに、有咲さんの瞳から溢れる涙の量は増えていきます。

「違う、ごめん。ほんと、そういうんじゃなくて」

「有咲さん、私は」

「でも、今は来ないで。一人にしてくれよ」

有咲さんを慰めようと、つい手を伸ばしてしまいました。かける言葉も思いつかないのに伸びた手を、有咲さんは払い落として拒絶しました。

そしてそのまま、涙が止まらないまま、さらに先へと一人で走っていきます。

私は、悔しいですが、ただそんな有咲さんの背中を見送ることしか出来ませんでした。

拒絶されても、なおどんな言葉をかけるのか。どうするべきなのか。

それが分からずに、立ち尽くすばかりでした。

第五章

涙と葛藤

有咲さんとの話し合いが失敗に終わったまま、旅は続きました。

妙に空気が悪い状態のまま、気まずそうにする金浜君と三森さん。私は状況を改善しようと、何度か有咲さんに話しかけてみたのですが、見事に避けられ、結局状況の改善にまでは至りませんでした。

そんな状態のまま旅は続き、とうとう目的地の一つである領都ウェインズヴェールに到着しました。

有咲さんがこのウェインズヴェールの領主、ルーズヴェルト侯爵に会いたいとのことでしたので、到着次第連絡を出します。

その日のうちに侯爵からの使いが来て、すぐに会って話が出来るとのことでしたので、そのまま侯爵邸へと向かいました。

その道中、有咲さんに尋ねてみます。

「有咲さん、侯爵にはどういった用事があるのですか？」

「アタシに任せとけって。必要なことだからさ」

と言って、結局詳細は教えてもらえませんでした。とはいえ、有咲さんは信頼できる部下でもあります。その有咲さんが任せろと言うのですから、ここは大人しく任せておきましょう。

何より、有咲さんにはスキル『カルキュレイター』があります。そうそう間違いは起こさないはずです。

侯爵邸には何事も無く到着し、そして程なくして面会の時間になります。

「またお会いできて嬉しく思っているよ、乙木殿」

「こちらこそ。急な連絡でしたが、応じていただけてありがたく思っております」

私はルーズヴェルト侯爵と握手を交わします。この場には用事のある有咲さんと、付き添いとして金浜君に三森さんも同席しています。

「しかし、乙木殿が勇者様と友好関係にあったとは」

「ええ、仲良くさせていただいています」

と、ルーズヴェルト侯爵は言っていますが、恐らくはその程度のことは把握していたはずです。

私の店が金浜君たち勇者の一グループの支援者に名乗りを上げたこと。そして実際に、店には三森さんや松里《まつりや》家君を筆頭に勇者の皆さんが訪れていたことも、調べるのはそう難しくないでしょう。

「聞けば、前線基地の方でも活躍したとか。今回は、それに関係する用件かな?」

「いえ。今日は有咲さんの方が用件があるとのことでしたので、私が中継ぎをさせていただいただけでして」

「ほう、有咲さんとは、そちらの姪っ子さんでしたかな?」

ルーズヴェルト侯爵の視線を受けて、有咲さんは意を決したような表情を浮かべます。

「あの、侯爵様。実はお願いがあって、アタシは今日ここに来ました」

「ほう、お願いか。内容にもよるが、どういったことをお願いするつもりかな？」

そう言って、ルーズヴェルト侯爵は優しげに問いかけます。

有咲さんは緊張した面持ちで、何やら随分と躊躇う素振りを見せた後、ようやく口を開きました。


「アタシを、侯爵様の側室に迎え入れてください」


その、予想もしていなかった言葉に。

私は頭が真っ白になってしまいました。

「ふむ。君、それがどういう意味か分かって言っているのかね？」

「はい。よく調べて、よく考えて、その上で選びました。アタシはこうするのが一番だって分かりました。だから、お願いします」

「それにしては、嬉しくなさそうに見えるけれども」

ルーズヴェルト侯爵は、言ってから私の方に鋭い視線を向けました。

これはどういうことだ、と責め立てるような視線でした。私は慌てるようにして、有咲さんに問いかけます。

「有咲さん！　本当に、それでいいのですか？」

「いいって言ってんじゃん。もう、おっさんこそなんで今さら慌ててんだよ。こうなるのが一番だって、おっさんも分かってただろ？」

「それは」

確かに、そうです。考えたことはあります。有咲さんにとって、ウェインズヴェール侯爵家の側室に入るというのは最も良い縁談なのではないか、と。

話した限り、ルーズヴェルト侯爵は悪い人には見えません。また、立場を悪用して有咲さんに無理を強《し》いるようなことも出来ません。私という取引先がいるのですから、妙な真似は出来ないわけです。

極めつけには、私のような如何《いか》にもおじさんといった情けない外見はしておらず、身綺麗な男性です。年上すぎる点はありますが、それを言うなら私も同じです。

私のように、有咲さんの未来に影を落とすような、そんな男ではないはずです。

ですが、あまりにも突然すぎます。有咲さんは、私のことを今でも好きだと、そう言ってくれました。

未練を感じるわけではありませんが、つまり有咲さんはこの人、ルーズヴェルト侯爵を男性として好ましく思っているわけではないはずです。

なのに、なぜこんなにも急に。

様々な思考が脳裏に入り乱れ、ついぞ私の口から言葉が漏れることはありませんでした。

絶句している間にも、有咲さんは話をまとめていきます。

「侯爵様。それで返事は？」

「ふ、ふむ。まあ私としては問題は無いのだが。その、君はそれでいいのかい？」

「はい。これがアタシにとって、一番の幸せですから」

その一言には、妙に重みと、実感が籠《こ》もっていました。それだけ有咲さんが本気で、本心から思っているからなのでしょう。

有咲さんが本気で、自分の幸せのためにこれが一番だと言うのなら。

私には否定する材料が何もありません。

彼女の人生は、彼女が決めるべきですし。

私みたいな、人生を呪うような名付け親の考えなど信用に足りませんし。

そして有咲さんには、絶対に間違わないスキル『カルキュレイター』まであります。

何一つ、言うべき言葉が出てきません。

暫く、侯爵は私の反応を窺っていた様子でした。しかし私が何も言わないと分かると、有咲さんに答えを返します。

「分かった。元より君を側室に迎える準備はあったのだ。その方向でまた話を進めさせてもらうよ」

「ありがとうございます」

「詳細については、また追って連絡を王都の方へよこそう。それまでは今まで通りの生活を続けるといい」

「分かりました」

有咲さんとルーズヴェルト侯爵の、どこか事務的な会話が響きます。

私の耳はこれをまるで右から左に通り抜けさせているかのように、全く聞き入れてくれません。

まるで意識が遠のくかのように、二人の会話が聞こえなくなっていきました。


ウェインズヴェールを発ち、王都へと帰還します。

その道中、私は有咲さんから決まったことを聞かされます。私の目の前で話していた内容だったそうですが、気が気でなくて一切耳に入っていなかったことから、改めて説明を受けたのです。

まず、正式に側室に入るには準備が必要とのこと。じゃあ今日から君は側室です、とはならないそうです。手続きもそうですが、慣習としてまずは婚約の発表。多くは披露宴という形で発表するとのこと。そこから婚約者である有咲さんを連れて一年ほど貴族の社交界に顔を出し、名前と顔を覚えてもらいつつ横の繋がりを作ります。

これは、貴族社会の外から正室、側室を娶《めと》る際に行われる慣習なのだとか。何でも、そうして社交界で十分に横の繋がりを作る機会を作らなければ、一部からは卑怯だと反発を受け、また有咲さん自身もいざという時に頼る相手が無くて困ることになるとのこと。

そうした慣習がある都合上、まずは婚約披露宴をしなければなりません。これから有咲さんとルーズヴェルト侯爵は、この婚約披露宴の準備に入るとのこと。

そして、披露宴の様式は庶民的なものを取り入れて行うそうです。

というのも、例えば貴族同士の婚約ですと儀式的といいますか、そういった複雑な手順、礼節を守りながらの披露宴になるそうです。しかし庶民間では婚約自体一般的ではないため、そうした送り出しの習慣も無く、当然有咲さんも作法を知っているはずもありません。

ですので、最低限民間で行われている結婚披露宴での作法を取り入れ、それを本来の婚約披露宴の儀式に代える予定なのだとか。

で、肝心の民間で行われている結婚披露宴での作法なのですが。まず、花嫁は母親から贈られたドレスを着るとのこと。ドレスは庶民には高価すぎる衣装であるため、結婚の都度に仕立てるのは厳しい。ですから、多くは親などから受け継いできた披露宴用のドレスを着用するのだとか。

当然、有咲さんはそのようなドレスの伝手《つて》などありませんから、保護者でもある私が用意することになるのが筋、だと言われました。

次に、娘を送り出す父親が何らかの装飾品を贈るというもの。これは多くがネックレスになるらしいのですが、世の父親は結婚披露宴で娘を送り出す際に、その後の幸福を祈願して装飾品をプレゼントするそうです。

基本的には縁起の良いものを象《かたど》ったものが良く、なおかつ壊れにくく失《な》くしづらいものがベストだそうです。日頃着けていても邪魔にならず、指輪などと違い外しても些細《ささい》な拍子に失くしづらいという理由でネックレスが選ばれることが多いのだとか。

当然、これも保護者である私が用意せねばなりません。

つまりまとめると、まず有咲さんは正式に側室となる前に、婚約者として一年間社交界で顔見せをしなければならない。その最初の段階として、婚約披露宴をしなければならない。

その婚約披露宴で必要なドレスとネックレスは、私が用意してあげなければならない。

ざっと、そういったところです。

そのような説明を、王都に向かう馬車の中で聞きました。空気を読んでくれたのか、金浜君と三森さんは別の馬車で王都に向かいました。

ウェインズヴェールから王都までの道のりは、私と有咲さんの二人旅になりました。

一通りの説明も終わると、有咲さんは真剣な表情で語りました。

「ねえ、おっさん。アタシの、最後のお願い。わがまま。聞いてくれないかな」

「最後だなんて」

「それっきりだから。これが終わったら、もうアタシはおっさんのことが好きな有咲じゃない。おっさんの姪っ子で、侯爵様の嫁になる美樹本有咲にちゃんとなるから」

言われて、私は返す言葉を失いました。覚悟と、気迫。そういったもので切羽詰まったようになった声が、私に否定の句を躊躇わせました。

「アタシさ。最後は幸せな気持ちで嫁に行きたい。大好きな、雄一お兄ちゃんの準備してくれたドレスを着て、大好きな雄一お兄ちゃんからネックレスを受け取って、大好きな雄一お兄ちゃんに見送ってもらいたい」

悲痛な、今にも泣き出しそうな声で有咲さんは語ります。

「だからさ。おっさんも頑張ってよ。アタシのために、一番のドレス。一番のネックレスを準備してほしいんだ。そんで、ちゃんと笑顔で見送ってほしい。そしたらアタシ、ちゃんと幸せになれるって思うから」

「有咲、さん」

何と言う方が良いのか。どんな言葉で、返せばいいのか。

三十年以上生きてきたのに、そんな簡単なことさえ分からないまま、沈黙を貫くしかありませんでした。

ですが、心は決まりました。

有咲さんがそこまで言うのなら、私も覚悟を決めましょう。

有咲さんが一番美しく見えるような、そんなドレスを仕立ててあげましょう。

有咲さんの一生を祝福するような、そんなネックレスで飾ってあげましょう。

それぐらいしか、私には出来ないのですから。

有咲さんが選んだ幸せのために出来ることなんて、それぐらいなのですから。


王都に到着し、帰り着いた挨拶だけ済ませて、私はすぐさま引き返して冒険者ギルドへと向かいました。

店のことなど、一通りの指示、方針等については有咲さんに伝えてありますので、上手くやってくれるでしょう。

今は何より、誰とも話すこともなく、一心不乱にこの作業に没頭していたかったのです。

冒険者ギルドに到着した私は、すぐさま依頼票の張り出された掲示板に目を通します。特に、討伐系の依頼を中心に。

そして、目当ての依頼票を発見し、それを剥ぎ取ります。

その内容は、魔物『ウルガス』の異常繁殖した森での討伐依頼。

元々は森でビッグラットと呼ばれる魔物が異常繁殖していただけだったものが、対処が遅れた結果『キャタクロウラー』という巨大な芋虫の魔物の餌《えさ》となってこれまた大繁殖。さらにはこのキャタクロウラーの討伐も間に合わず、ついには蛹《さなぎ》となり、羽化して最終形態である蛾《が》の魔物『ウルガス』の大量発生を許してしまったのです。

このウルガスが大量発生した森で、ウルガス及びキャタクロウラーの間引きをしてほしい、という依頼票。

私の目的は、ウルガスの蛹が作る繭《まゆ》にありました。

ウルガスの繭から作られる糸は魔法触媒としても優れ、また加工を施せば革よりも強靭《きょうじん》になり、うっすらと七色に輝く糸となります。この糸を素材とする布は最高級のドレス用生地として使われており、非常に高価な値段で取引されています。

ですがウルガスは羽化した後、自らを守っていた繭を食し、これを栄養源として成長を促進させます。また、繭でいる期間は魔獣であるためか極めて短く、一日もかかりません。

そのため、羽化前、あるいは直後のウルガスと遭遇するという幸運に恵まれなければそうそう手に入らない素材でもあります。

さらには、キャタクロウラーはそれほどでもありませんが、ウルガスは単独ではA級冒険者でなければ討伐不可能と言われる強力な魔物であることも手伝い、繭の希少性が跳ね上がっています。

しかし、ウルガスが大量発生している今なら。そして私の実力であれば。希少な繭をドレス一着に必要な分だけ手に入れることも難しくはありません。

ちなみに依頼については偶然見つけたわけではなく、ウェインズヴェールで既にキャタクロウラーの大量発生が噂になっていたおかげです。もしもあの大量発生が解決されていなければ、というある意味悪い予想に賭けたのですが、大当たりです。

私は受付にて手早く依頼を受けると、そのまま冒険者ギルドを、そして王都を飛び出しました。

ウルガスの大量発生した森は王都からなら徒歩で七日間もかかる距離です。しかし、既に私の身体能力は人間の範疇にはありません。全力で、それこそ衝突すれば馬車だってはね飛ばしかねない勢いで目的地へと向かいました。

私が森に到着したのは、その日の夜でした。雲が掛かり月明かりはほぼ無く、深い闇に包まれた森は異様に静かで、不気味さすら感じます。

ですが、むしろ都合がいいかもしれません。

「うおぉぉぉぉおおッ！」

私は、叫び声を上げながら森に突入します。

直後、瘴気と詛泥を発生させ、自らの周囲に漂わせます。また、詛泥の中から呪われたオリハルコン、無邪気に有咲さんに披露してやろうと意気込んで名付けた『ダークマター』という名のその物質を剣の形にして取り出し、手に握ります。

私自身はスキルのおかげか、詛泥や瘴気の効果はもちろん、その他の一切の毒、疾病、呪いが無効化されます。なので、ダークマターを手にしても当然呪いにやられることはありません。

ともかく、私はダークマターの剣で道行く先の障害物を切り裂きながら、森の奥へと駆けてゆきます。

「ちくしょう」

自然と、その言葉が漏れました。

「ちくしょう、ちくしょう！　ちくしょぉぉぉぉおッ！」

私は、自分でも制御できない激情に支配されたまま、叫びます。

知らぬうちに涙は流れ、身体は震えていました。頭は怒り狂った時のように熱く、けれどいやに冷静で、今の自分の醜態を俯瞰《ふかん》するように感じていました。

やがて騒ぎを聞きつけたウルガスたちが、私へと襲いかかってきます。

しかし、数が集まったところで私のステータスはオールＳＳ。この程度の魔物など、相手にもなりません。

瘴気や詛泥に触れたそばから腐って崩れ落ち、壊死していくウルガスたち。危険を感じ取ったものは逃げるように背中を見せますが、私は逃しません。狙い撃つようにダークマターの槍《やり》を生み出して貫いたり、駆け寄って剣で一刀両断したりして処分してしまいます。

「あああああぁぁぁぁぁあああッ！」

言葉にもならない叫び声を上げながら、私は一心不乱にウルガスたちを退治していきます。

殺して、殺して、ひたすらに殺して。八つ当たりのように無数のウルガスの命を刈り取って。

気がつくと、広場らしき場所に出ました。

そこにはウルガスのものにしても巨大すぎる繭が一つと、それを取り囲むように無数のウルガスの繭がありました。

そして、巨大繭の隣にはゴブリンらしき姿が一つ。

「グハハハハ！　よく来たな人間よ、我こそは魔王軍七武将が一人、空席となった四天王の座に最も近いとされるジーニアスゴブリンの賢将メティドバン様だァ！　とくと見るがいい、今こそこの私が無数のキャタクロウラー同士を共食いさせることで生み出した最強のキャタクロウラー、オメガキャタクロウラーから進化することによって生まれる最強のウルガス、オメガウルガス誕生の時よ！」

次の瞬間、巨大繭の表面に罅《ひび》が入ります。そして連動するように、周囲の繭にも罅が入り、中からウルガスが姿を見せます。

そして肝心の巨大繭からは、通常のウルガスよりも五倍ほどの巨体を持つ超巨大ウルガス、オメガウルガスが姿を現します。

「今こそぉ！　この私、魔王軍七武将が一人にして空席となった四天王の座に最も近いとされるジーニアスゴブリンの賢将メティドバン様が生み出した究極のキャタクロウラーであるオメガキャタクロウラーから進化することによって生まれる最強のウルガス、オメガウルガスによって恐怖のどん底に落ち――」

「うるせぇえええんだよぉぉぉおおッ！」

私はゴブリンの並べる御託を聞いていられず、叫びながら突進。そのままダークマターの剣で首を一閃。一瞬にしてその生命を刈り取りました。

次はオメガウルガス。ちょうど生まれたばかりで繭も残っていることですし、こいつの繭を貫うことにしましょう。

「くそったれえええええぇぇぇえええッ！」

私は詛泥をダークマターの剣に纏わせ、これを全力で横一文字に振り抜くことで周囲に飛散させます。

刃の軌道をそのまま拡張するかのように、詛泥は鋭い泥の刃となって周囲のウルガスたち、そしてオメガウルガスを襲います。

巨大な蛾の群れは、わずか一撃で上下に二分され、全てが絶命しました。

『キュオオォォオオオンッ！』

オメガウルガスも例外ではなく、断末魔らしき鳴き声を上げた後は、地面に墜落し、ピクリとも動かなくなりました。

私はそれを確認すると、静かに巨大繭に近寄ります。

見るからに質の良い繭で、通常のウルガスの繭よりも色艶が良く、より深い七色の輝きを発しています。

「有咲、さん」

私は無意識のうちに、その名前を呟いていました。

そして貴重なウルガスの繭も含め、可能な限りをアイテム収納袋にしまい込み、その場を後にしました。

森でひと暴れした、次の日。私は王都への帰路につきました。

自分でも想定していた以上にストレスが溜《た》まっていたらしく、暴れた後も暫くは興奮が収まりませんでした。そのため、王都までの道のりは比較的ゆっくりと時間をかけて進んでゆきます。

とは言っても、ずっと駆け足で進んでいるので、徒歩よりは遥かに進みが速いのですが。

三日ほどかけて、王都に帰り着いた頃には頭も随分冷えて、思考はしっかりと整理されていました。

有咲さんのことは、しっかりと覚悟を決めました。

彼女が自分で自分の道を選んだ以上、私はしっかりとその背中を見送る。

親代わりとして、やるべきことをやる。

改めて頭の中で自分の覚悟すべきことを思い返し、門を潜《もぐ》って王都に入ります。

帰り着いてみれば、どうやら全ての話は有咲さんが済ませていたらしく、従業員の皆さんやマリアさん、シャーリーさんにもどういうことなのかと聞かれました。

とはいえ、今回の件は私ではなく有咲さんが決めたことです。全ては有咲さんの説明した通りだと答えると、皆さん納得はしていない様子でしたが引き下がってくれました。

そして私が仕入れてきたウルガスの繭ですが、こちらはマリアさんの人脈に頼り、知る限りで最も腕の良い生地の仕立て屋を紹介してもらいました。

貴族も利用することがあるという老舗を紹介してもらったので、マリアさんにお願いして繭を持ち込みで生地に仕立ててもらえるよう代理で交渉してもらいます。

その後は、いつもと変わらない日常が続きました。

工場の方では魔道具の各部品、材料の補充。そして新たに考えた魔道具の設計。魔道具店では深夜の接客にシフトを入れつつ、近況の確認。私がいない間もつつがなく運営されていたようで、収益状況は旅への出発前とそう変わらず。ただ、在庫を私が補充できなかった分、仕入れにコストがかかったようで支出が微増、最終的な収益額は微減という結果でした。

これについては私が戻ってきたことで改善されますし、そもそも大幅な黒字を出していることには変わりないので問題無いでしょう。

やがて一週間ほど経過すると、マリアさんから布が仕立て上がったという報告がありました。

早速出来上がったもの、オメガウルガスシルクを手に取ってみたのですが、素晴らしい出来でした。手触りはサラサラとしていて、偽物にある妙なツルツル感も無く最高のものと言えるでしょう。しかも軽くて丈夫で、まるで宝石のように光を反射しキラキラと七色に輝いています。純白の生地の表面に煌めく光は、有咲さんのこれからを祝福するに相応《ふさわ》しいものと言えます。

出来上がった布を手に、私は孤児院の方へと向かいました。耐刃ローブの仕立てを任せているローサさんを訪ねるためです。

久しぶりに来てみると、ローブ作り等から得られる収益のおかげもあってか、孤児院はあちこちが修繕工事をされていて、以前来た時よりもかなり小綺麗になっていました。

そして、私が訪ねてきたと知ったローサさんは、すぐに会ってくれました。

「パパ！　おかえりなさいっ！」

ローサさんは私の姿を見つけるや否や、そう言って飛びついてきました。

一瞬驚きましたが、そういえばローサさんにはパパと呼ばれることになったのでしたね。

「ただいま戻りました。ローサさんはお変わりありませんか？」

「えっと、あたしは何も変わってないよ？」

つい私が難しい言い回しをしてしまったせいで、ローサさんは意味が分からなかったようで首を傾げます。

「何事も無さそうで何よりです。ところで、今日はローサさんにお願いがあって来たのです」

「お願い？」

「ええ。まずは、これを見てください」

私は言うと、収納袋からオメガウルガスシルクを取り出し、ローサさんに見せます。

「わあっ、きれい！」

「ローサさんには、この布を使って素敵なドレスを作ってほしいのです」

「えっ！　あたしが、これを使って？」

「はい。お願いできますか？」

私が頼むと、ローサさんは少しだけ悩むような素振りを見せた後、答えます。

「少し不安だけど、やってみるね、パパ！」

「ありがとうございます。では、試作などはこちらの布を使ってください」

そう言って、私はさらに収納袋から布を取り出します。オメガウルガスの繭のついでに回収し、ついでに布として仕立てた通常のウルガスシルクです。オメガウルガスのものには劣りますが、それでも元々が高級品です。試作用の布としてはかなり贅沢《ぜいたく》だと言えるでしょう。

「こちらの布も含め、余ったものはローサさんの物にしていただいて構いません。そして、出来上がったドレスは適正価格で買い取るとお約束します。最後に、これが作ってほしいドレスのサイズの詳細です」

そうして、最後に渡したのは紙に書かれた有咲さんの身体の各部位のサイズ一覧。いつの間にか女性陣で測ってくれていたらしく、オメガウルガスシルクが仕上がる前から既に渡されていたものです。

これを受け取ると、ローサさんは頼もしく頷き、応えてくれます。

「うん、がんばるね！」

この様子なら、ドレスに関しては問題ないでしょう。

最近は冒険者向けの耐刃ローブの仕立てがかなり凝ったものになっている場合も多かったので、こういったチャレンジもローサさんにはそろそろ必要だった頃でもあります。試行錯誤のための試作用に大量のウルガスシルクも渡しました。きっと素晴らしいドレスを仕立ててくれるはずです。

「それでは、今日はこれで」

そう言って、私が別れの挨拶を始めたところでした。

不意に、ローサさんの手が私の手を上から包むように、ぎゅっと握り込んできました。

「ローサさん？」

「えっと、あのね。パパ、なんだか、今日」

少し言いづらそうにしてから、ローサさんは言います。

「悲しそうにしてたよ。パパ、どうしたの？」

見透かすような言葉に不意を突かれ、私は返す言葉を失いました。

ローサさんにも分かるほど、私は有咲さんのことを気にしていたのでしょう。

覚悟を決めていたはずなのに、ダメですね。このままでは、ちゃんと有咲さんを送り出してあげることが出来ません。

「いえ、大丈夫ですよローサさん。私は何も」

「パパ、すごくつらそうな顔してたもん。ずっと元気も無いし。あたし、パパの力になりたい！」

ローサさんの真っ直ぐな言葉にやられ、私は観念して事情を話してしまうことにしました。

とはいえ、どこからどこまで話すべきか。痴情のもつれとも言える私と有咲さんの関係まで詳しく話してしまうのは、さすがに憚《はばか》られます。

ですので、有咲さんが結婚してしまうこと。そしてそれを未だに受け止めきれていないことだけを伝えることにしましょう。

「実は、ですね」

私は、ローサさんにも分かるように状況を噛み砕いて説明しました。ずっと一緒にいた姪っ子、つまり娘のような子が急にお嫁に行ってしまうことになった。そして、私はその子が幸せになってほしいと思っていながらも、まさか急にお嫁に行ってしまうとは思っていなかった。だから気持ちがついてこない。幸せになってほしいのに、心の底からお祝いしてあげることが出来ない。

そんなふうに説明をしました。

「パパ、嬉しくないの？」

ローサさんは首を傾げます。

「あたしもパパの娘だけど、あたしならずっとパパと一緒がいいな」

「あはは。ローサさん、残念ですが娘と父親では結婚は出来ませんよ」

ローサさんの場合は呼び方だけの問題なので実際は結婚出来るのですが。この場合は有咲さんの話なので、そう否定しておきます。

「あたしは結婚するならパパがいい！」

にっこり笑ってローサさんは言います。

そうですね。確かに、有咲さんも私を選ぼうとしていました。だからこそ、急に翻すようにルーズヴェルト侯爵との婚約を決めたことが受け止めきれないのです。

心のどこかに、有咲さんに愛されていて幸せだと思っていた自分がいた証拠でしょうね、これは。

と、自虐的な思考を巡らせているところに、ローサさんがさらに言葉を投げかけてきます。

「でも、もしどうしてもパパと結婚しちゃダメなんだったら、あたしはせめてパパには笑顔でいてほしいな」

「笑顔、ですか」

難しい課題ですね。

と思っているところに、ローサさんは顔を近づけてきます。まるで頬にキスをするような距離です。

「ローサさん？」

「ねえパパ、あれやって。おひげ攻撃！」

言われて、つい私は笑みをこぼしました。そういえば、ローサさんは顎で頬ずりをされるのが好きでしたね。

「ええ、分かりました。では、すりすり」

「あはは、かゆーい！」

私がおひげ攻撃を繰り出すと、ローサさんは途端に笑い出しました。それに釣られて、私も笑顔になります。

「良かった。パパ、笑ってくれた」

「そうですね、つい」

「パパ、おひげ攻撃好きだもんね！」

なるほど、ローサさんの方からすると、私がおひげ攻撃を好んでいるように見えるのですね。お互いに相手が望んでやっていることだと思い込んでいるとは、奇妙な状況ですね。

とはいえ、結果的に元気を貰ったのは事実です。いちいち否定するような真似はしないでおきましょう。

「ええ。パパはおひげ攻撃が好きですからね。ローサさんのおかげで元気が出ました」

「うんっ！　つらくなったら、いつでもおひげ攻撃しに来ていいからね！」

「はい、よろしくお願いしますね、ローサさん」

そう言って、私はさらにローサさんへおひげ攻撃を繰り返しました。

その後、十数分ほどローサさんと戯《たわむ》れた後。私は孤児院の院長であるイザベラさんに会うため、彼女の部屋へと向かいます。

孤児院の近況などを聞いておきたいという気持ちもありますが、それだけではありません。

ローサさんに言われたこと。笑顔でいてほしいという願い。それをどうすれば叶えられるのか。自分はどうすれば、この思いを乗り越えられるのか。それを誰かに相談したくなったのです。

私一人でうだうだしていても、上手くいかないことはローサさんに教えられましたからね。早速、知人を頼ってみることにします。

急に訪ねてきたにもかかわらず、イザベラさんは快く迎え入れてくれました。

「お久しぶりです、乙木さん。今日はどういったご用件でしょう？」

「ええ。最近の子供たちの様子について、何か気づいたことがあれば聞いておきたいと思いまして。それと、個人的な用事なのですが、相談事が一つ」

「まあ、そうですか。乙木さんにはいつもお世話になっていますから、相談事の一つや二つぐらい、お引き受けします」

それぐらいでお返しになるのでしたら、とイザベラさんは少し冗談っぽく言ってみせます。こうした気さくさを見せることで、相談事をしやすい空気を作っていただけました。たくさんの子供たちと接してきて培った経験によるものなのでしょう。

ともかく、まずは子供たちの様子についてです。

これについては、それほど大きな問題も無かったようで、小さなトラブルも私がいない間に魔道具店の方々に相談して既に解決済みとのことでした。どうやら業務内容外の仕事をマリアさん、そしてシャーリーさんがこなしてくれていたようなので、後でお礼と、別途でボーナスを出すことにしましょう。

そうした事務的な、仕事の話が終わり、いよいよ本題。私の悩みについての相談です。

ローサさんに話したよりも詳しい話をイザベラさんに告げた後、さらにはローサさんから笑顔でいてほしい、元気になってほしいと言われたことも語ります。

一通りの事情を説明した後、私は纏めるように言います。

「ともかく、私としては今の状況を良く思っていません。どうにかしたいのですが、その気持ちだけではどうにもならない。どうすれば、私はこの問題を吹っ切れるのでしょうか」

一部始終の話を、イザベラさんは聞き役に徹してくれました。そして私が全て話し終えると、一度頷いてから答えてくれます。

「それは、とても難しい問題ですね。人の気持ちを、それも自分以外の誰かの分まで考えなければいけませんから。どうすれば良いのか。あるいは、あの時どうしていれば良かったのか。その答えは、簡単に出るものではないと思います」

イザベラさんは真剣な様子で、諭すような口調で語っていきます。

「ですが、一つ確かなことがあります。それは、乙木さんが何をすればいいのかということです」

「私の、やるべきことですか」

「ええ。きっと、乙木さんの心の中には、私が考えたり、お話を聞いたりするだけでは窺い知れない何かがあるのだと思います。自分の内側にだけある何か大きな問題が、きっと乙木さんを迷わせているのです」

抽象的な話ではありますが、言いたいことは分かります。つまり私の迷いは私自身の心の問題であると。言われてみれば当たり前ですが、わざわざ意識まではしていない部分です。

「ですから、まずは自分の心と向き合ってみてください。貴方の中の何かが引っかかるから、貴方の心が貴方の思い通りにならないのです。ですから、まずは自分に素直に、正直になってください。そうやって自分と向き合うのが始まりですから」

「なるほど、それは確かに、納得のいく理屈ですね」

話の筋は通っていますし、確かに漠然と考えるよりは、私の心の中で何が問題として意識されているのか。そこに焦点を当てた方が効率も良さそうに思えます。

「ですから、乙木さん。こちらへ」

イザベラさんがそう言って手招きをするので、真正面まで歩み寄ります。

「少しお辞儀をして、頭を低くしていただけますか？」

「こう、でしょうか」

私が頭を下げると同時です。不意に、ふわり、と頭を何かが包むような感覚が襲いました。どうやら、イザベラさんが私の頭を胸元に抱きしめるような形になっているようです。

「大丈夫です。きっと、乙木さんは大丈夫。心の中に答えがあるんですから、きっと見つけられます」

まるで幼子をあやすような、優しすぎるほどの声色でイザベラさんは言います。そして、私の頭を慰めるように撫でます。

不思議と、不快には思いません。むしろ、何か心のささくれた部分が癒やされるような、そんな気持ちになりました。

気がつくと、涙が溢れていました。

いい年の男が、女性に頭を抱きしめられ、撫でられて泣いてしまうとは。恥ずかしい限りなのですが、しかし涙を止めることは叶いません。

そのままの姿勢で暫く、私は涙を流しました。イザベラさんは、まるで本当に幼子を相手にするように、辛抱強く大丈夫、大丈夫と私を慰めてくれました。

どれぐらいそうしていたでしょうか。ようやく涙の収まった私は、イザベラさんの胸元から離れます。

「ありがとうございます、もう、平気です」

「元気は出ましたか？」

「ええ、とても」

少し照れくさい気もしますが、既に醜態を晒《さら》した後です。気取る必要はないでしょう。

「イザベラさんのおかげで、また少し頑張れるような気がしてきました」

「ええ。乙木さんのやるべきことが見つかる日が来るよう、私も祈っております」

そうして、何度かお礼と祝福の言葉を交互に言い合った後、私は孤児院を後にしました。

第六章

婚約発表へ向けて

ドレスの仕立ての準備が終わりました。なので、次は装飾品の制作に入ります。

私は『鉄血』スキルにより、様々な種類の金属を手に入れています。それこそ、最も希少かつ頑丈な金属であるオリハルコンまで。

それに先日のドラゴン、アレスヴェルグとの戦いで手に入れた謎の希少金属もあります。

日常的に着けるものですし、これら複数種類の希少金属を使ったネックレスを用意すれば、恐らくは十分な贈り物となるでしょう。

そのために、現在私は宮廷魔術師のシュリ君の所へと向かっています。

理由は二つ。まずはアレスヴェルグから採れた希少金属の鑑定。性質的に装飾品に使っても問題無いものなのか調べてもらいます。

そしてもう一つ、あの戦いの中で生まれた新たな物体、呪われたオリハルコンであるダークマターの性質測定です。こちらはせっかくだからついでに、といった感じの用件にはなりますが、調べておくことに意味はあるでしょう。現状、触れた者の皮膚が爛れ、腐る効果があること以上のことは何も分かっていませんからね。

私が訪ねると、シュリ君は快く迎え入れてくれました。

「やぁやぁ、いらっしゃいオトギン！　久しぶりだねぇ」

「ええ、お久しぶりです」

「今日は何かな？　例の視察とやらで何か新しい発見でもしたのかな？」

「ええ、まさにちょうどその件についてなのですが」

言って、私は例の金属、ダークマターとアレスヴェルグの鱗から採れた金属を取り出します。

「オトギン、これは？」

「こちらは、私が討伐した魔王軍四天王アレスヴェルグの鱗に成分として含まれていた金属を集め、インゴットにしたもの。そしてこちらは、オリハルコンが私の持つスキルによって汚染され、かなり性質が変化してしまったものです。一応、私はダークマターと呼んでおります」

私が紹介を続けている間も、シュリ君は興味深そうに二つのインゴットを観察しています。

「これは、どちらも見たこと無い物質だね。こっちのダークマターってやつは、常に魔力を、それもかなり濃い目で重たいのを周囲に発散させてる。で、逆にもう一つの物質は魔力を一切近づけない。隣から濃厚な魔力が流れてきてるのに、全部インゴットに触れる手前で弾《はじ》かれるみたいに流れを変えてる」

「そうだったのですか、どうりで」

実は、アレスヴェルグから採取した金属は『詛泥』を介して収納していました。なのに、ダークマターと同様の変化を起こすことはありませんでした。

その他の様々な金属はオリハルコンと同様の変化をしましたが、この物質だけが例外だったのです。

　魔力を弾く性質から考えるに、詛泥からの影響もまた弾いていたのでしょう。

「ともかく、両方とも未知の物質なのは間違いないね。詳しく調べなきゃいけなさそうだ。オトギン、もうちょっと詳しい話を聞かせてもらえるかな？」

「分かりました」

　そうして、シュリ君による検査が開始しました。

　シュリ君が二つの物質を様々な手法で解析していく様子を眺めながら、私はそれぞれの金属を入手した経緯を詳細に話します。これをシュリ君は、作業の手を止めずに聞き続けました。

私の新たなスキル『災禍』と、そこから派生した『瘴気』と『詛泥』のスキル。その性質と効果の程について。そして『詛泥』を介して出し入れした金属の性質が呪われて変化することや、アレスヴェルグの鱗に含まれていた金属だけは変化を起こさなかったことまで。

　一通り私が思いつく話を済ませた後は、シュリ君から質問が飛んできます。もちろん、作業の手は止めないままに。

「じゃあ、オトギンはこっちの、えーっと、ややこしいからひとまずインシュレイターって名付けようか。インシュレイターは例の四天王のドラゴンの鱗から抽出したって認識でオーケー？」

「はい、その通りです」

「抽出した感じは、どんな感じだったか分かったりするかな？　例えば一部分が欠けるような感じで採れたのか。それとも、鱗全体がインシュレイターだった感じ？」

「いえ、なんと言えばいいのか。感覚としては、鱗の中から何かが抜けていくような、布に染み込んだ水が抜けていくような、そんな感じでしたね」

「ふむふむ。同じことを、普通のドラゴンには試した？」

「いえ。討伐したドラゴン全てを私が回収してしまうと、襲撃で破壊された基地の施設の修繕費用等に回す分が無くなってしまうだろうと考えましたので、一切手を付けていません」

「なるほど、じゃあドラゴンの鱗であれば同じ金属が含まれている可能性はゼロじゃない、と」

そう言うと、シュリ君は作業の手を一度止めて、何か別のものを探し始めます。

研究室のいくつかの引き出しを探した後、目的のものがあったのか、それを取り出してこちらに持ってきます。

「ちょうど研究用に素材として仕入れたドラゴンの鱗の、欠片《かけら》の余りがあったんだよね」

そう言って、シュリ君が差し出したのは小さな石ころのような形をした物体でした。

「いろいろ使っちゃった後だからもう残りはこれっぽっちだけど、もしもドラゴンの鱗にもインシュレイターが含まれてるならここからだって抽出できるはずなんだよね。オトギン、できそう？」

「はい、試してみます」

シュリ君に言われ、私はドラゴンの鱗の欠片を受け取ります。万が一、この素材を消し飛ばしてしまわないように使うスキルは『鉄血』にしておきます。

掌に傷を作り、そこに鱗を乗せます。そして集中すると、うっすらと何かが収納可能であるような感覚があります。アレスヴェルグの時のようなはっきりした感覚ではありませんが、確かにスキルは反応しています。

その感覚に従いスキルを発動すると、やはり当たりだったのか何らかの金属が吸収されていくのがスキルを介して実感出来ます。

そして吸収が終わったら、鱗の欠片を机の上に置き、代わりに掌には吸収した金属の塊を生み出します。

生成されたのは小豆ぐらいの大きさの小さな金属片でした。

「やっぱりね。この金属片も魔力を弾いてる。仮説は正しそうだよ」

そう言って、シュリ君はニヤリと笑いながらこちらを向きました。

「恐らくだけど、この金属がドラゴンの鱗の性質を司っていたものの正体だよ。ドラゴンは自分の体内でこの物質を作り出し、鱗の中に満遍なく粒子状にして混ぜ込んでるんだ。だからドラゴンの鱗は魔法に対する耐性が高くて、武器や防具の素材として非常に優秀なものとして取引されてるわけだよ」

シュリ君の仮説に、一瞬だけ疑問を覚えましたがひとまず置いておきます。体内で金属を生成、というのは地球の感覚で言えばありえないことです。しかし、ここは異世界。魔法まであるのですから、そういった器官を体内に備えている生物が存在していてもおかしくはありません。

あるいは核融合炉のような反応をする器官が体内にあるからこそ、ドラゴンは強力なブレスを吐くエネルギーを生成出来て、インシュレイターも生成することが出来るのかもしれません。

とまあ、妄想のような考えは一旦置いておきましょう。

「そのような器官を含む生物などというのは、ありえるものなのですか？」

結局はそこなのです。実際にありえるのか、ありえないのか。この世界での常識的な部分での判断こそが重要ですから。

「うーん、ありえるとは思うよ。魔物ってさ、結構普通の動物とは違って肉体の構造的に自由度が高いんだよ」

そう言ってから、不意にシュリ君はどこからともなくメガネを取り出し、装着します。

「ふふん、このボクが魔物の生態に詳しくないオトギンのために、特別授業をしてあげよう！」

「はい、お願いします」

どうやら、解説モードに入るための雰囲気作り。そのためのメガネだったようです。

「まず、魔物の肉体の構造は普通の生物からかけ離れている。これはまあ、当たり前だね。それこそゴーレムとかスライムみたいな奴らまでいるんだからアレだけど、もっと身近な、生き物らしい生き物で例を挙げるならゴブリンが分かりやすいかな」

「ゴブリン、ですか」

人型の、生態系的にも能力的にもそれほど通常の生物の範疇から逸脱していない魔物です。そんな魔物が、なぜ例に挙がるのでしょうか。

「有名な話だけど、ゴブリンの肉はかなり不味《まず》い。ゲロマズ。腐った肉でも食ったほうがマシってぐらいなんだけど、それは知ってるよね？」

「ええ、まあ」

「実は、その肉の不味さはゴブリンが進化の過程で獲得した能力だっていう説があるんだよ。どんな所にでもゴブリンはいるんだけど、こんなに弱くて、逃げる能力も姿を隠す能力も低い生き物が世界中で繁殖してるなんてそもそもおかしいよね？　普通なら絶滅してるよ。でも、そうなってない。理由の一つとして、ゴブリンの肉が不味いからだ、っていうのが挙げられるんだよ」

言いつつ、シュリ君はメガネを一度だけクイッと持ち上げ、気合を入れて話し続けます。

「現在、世界中で確認されてるあらゆる魔物、動物の中で、ゴブリンの肉を積極的に食する可能性のある種は数えるほどしかいない。悪食《あくじき》で知られるあのキャタクロウラーでさえ、ゴブリンの肉は

食べないんだよ。有機物ならなんでも溶かすスライム系統を除けば、本当に数えるほどしかゴブリンの肉は食べない。中には、食べることで死んでしまう種も存在するぐらいなんだ」

「そこまでの不味さだったのですか。いえ、死ぬ可能性もあるというのなら、それは不味さというより、肉に含まれる成分がそもそも毒なのでしょうね」

「その通り！」

ビシッ、とシュリ君は私を指差します。

「ゴブリンの肉に含まれる成分は、かなり複雑なんだ。人間には無害だけど、一部の生き物にとっては毒になることもある。お腹を壊したり、中には即死するぐらいの拒絶反応が出る場合もあるぐらいなんだ。それが天敵相手であればまだ納得できるんだけど、ゴブリンの場合は世界中のあらゆる魔物に対応してるわけ。あまりにも種類と、そして量が多すぎる。そんなの、本来なら筋肉として機能するはずがないレベルだよ」

筋肉全体がそれだけの多種多様な毒として機能するのであれば、逆に筋肉として機能するのはおかしい、という発想は確かに納得できます。

「なのに、ゴブリンはちゃんと生きてる。不味すぎる肉を持っていながら、まあ確かに力は弱いけど人間よりもちょっと弱いぐらいで済んでる。そんな不自然な筋肉を持っていても、ちゃんと生物として成り立っている。それが魔物っていうものなんだよ」

シュリ君はゴブリンの生態についての話を締めます。

「あと、これは余談なんだけど、今から三百年ぐらい前にはキャンディゴブリンっていう種類の不思議なゴブリンがいたんだ。知能も戦闘能力も高くて、皮膚が人間以上に色白で、肉もキレイなピンク色をしていて、しかも食べると美味しいっていうゴブリン。彼らは地中海周辺に独自の集落を作って生活していたんだけど、当時のある国の王様がキャンディゴブリンの肉の味に魅了されちゃってね。結局絶滅するまで狩り尽くされちゃったって話」

ちなみに、シュリ君の言う地中海とは地球のものとは全く違い、この世界、この大陸に存在する陸地のど真ん中にある巨大な湖のことです。海のようにしょっぱく広大であることから、この世界では地中海と呼ばれているのです。

「で、その事件がきっかけになって、もしかしてゴブリンの肉が不味いんじゃなくて、不味い肉を進化の過程で獲得したゴブリンだけが狩り尽くされることなく生き残っただけなんじゃないかっていう説が唱えられるようになったんだ」

「なるほど、確かに理屈としては納得できますね」

「まあ、まだ仮説に過ぎないし、そこまで有名でもない説なんだけどね。あ、ちなみにキャンディゴブリンの話はお伽噺《とぎばなし》にもなってて、洞窟ドワーフと同じぐらい有名だったりするよ」

「そうなのですか？」

「うんうん。最後はキャンディゴブリンの集落生まれなおかげで賢さだけは受け継ぐことの出来た普通の緑色のゴブリンが王様に復讐を成し遂げて終わるんだよね。実際、その国の王様はキャンディゴブリンの集落を潰した数年後に暗殺されて亡くなってるから、やりすぎは良くないよっていう教訓としてこのお話が有名になった感じかな」

なるほど。一口にゴブリンと言っても、様々な学説や物語があるわけですね。弱い魔物だからといって、その存在を軽んじて良いわけではないということでしょう。

「とまあ、話は逸れちゃったけど一旦ドラゴンの話に戻ろっか」

シュリ君はそう言って、話の軌道を修正します。

「結論から言うと、ドラゴンが体内に未知の金属を生成する器官を持っている可能性は高いね。理由としては、まずこの金属が今まで世界中のどこからも発見されていないこと。ミスリルは魔法に対する抵抗力の強い金属として有名だけど、ここまで露骨に魔力を弾くような性質は持っていない。他の魔法抵抗力の強い金属も同様だよ。つまりインシュレイターはドラゴンの鱗からしか発見されていない。っていうか、オトギンが世界初。ってことはインシュレイターはドラゴンの鱗にしか存在しない金属ってわけで、なら出どころはドラゴンの体内しかないよね、っていうシンプルな理論だね」

確かに、世界中のどこにも存在しない金属だというのであれば、ドラゴンの体内で作られている可能性は高まります。

　これが他の手段で抽出されたものであれば合金による物性の変化を疑いますが、私の場合はスキルで抽出したわけですからね。インシュレイターは純度百パーセントの、紛《まぎ》れもない単一の金属で構成された物質です。

「で、もう一つ理由があるんだけど、ちょっとオトギン、例の四天王から採れた金属の方も、この小さいインシュレイターと同じぐらいの大きさで取り出してくれない？」

「了解です。こんな感じでしょうか」

「うんうん、オッケー！」

　私は言われた通り、小豆程度のサイズにしてアレスヴェルグから採れたインシュレイターを取り出します。

　これをシュリ君は受け取り、二つのインシュレイターを机の上に並べます。

「じゃあ、ちょっと見ててね。今からボクが魔力を可視化して発生させるから」

　言って、シュリ君は目をつぶり、集中した様子で掌を二つのインシュレイターにかざします。

　すると、シュリ君の掌からまるで煙のように微発光する魔力が流れ出します。これが重力に従うように降りかかり、インシュレイターを包み込みます。

「おや？」

そして、私は気づきました。

二つのインシュレイターの魔力を弾く強さが、まるで違うのです。

シュリ君に渡されたドラゴンの鱗から抽出した方は、確かに魔力を弾いているのですが、どちらかと言うと流れが何かに阻害され、逸れていくような印象を受けます。

一方でアレスヴェルグから採取したインシュレイターは、本当に文字通り弾くような勢いで魔力の流れと反発しており、そもそも反発する領域も広く、魔力が存在しない空間が二倍から三倍ほどの大きさになっています。

「これは、妙ですね」

「分かったかな？　つまりオトギンの持ってきたものと、今ここで作ったものでインシュレイターに性能の違いがあるってことなんだよ。何か特別な処理をしたわけじゃないから、この違いの原因は単純に抽出元、つまりドラゴンの種類によるものだと推測できる。つまり、種類によってドラゴンは性質の違うインシュレイターを保有してるってわけ」

そこまで説明すると、シュリ君は魔力の放出を中断します。インシュレイターを包むように漂っていた魔力の光は次第に霧散し、消えました。

「どうしてドラゴンごとに性質の違うインシュレイターが抽出出来るのか。食べ物や環境によるものである可能性もあるけど、それらはドラゴンの鱗以外からインシュレイターが見つかっていない現状を踏まえれば低い可能性、影響度だと予想できる。となれば、やっぱりドラゴンごとに違う器官が体内に備わっていて、そこで異なるインシュレイターが生成されていると考えればスッキリするよね。予想としては、まあまず最初に検証したい大本命ってわけ」

ドラゴンの体内で異なるインシュレイターが生成される。だから、インシュレイターの性質もドラゴンごとに異なる。その理屈は単純ながら、現状分かっていることをまとめると最初に予想される仮説になります。

そしてその仮説が予想されるからこそ、ドラゴンの体内にインシュレイターを生成する器官が存在するという仮説もまた、より強い期待を持って予想出来るわけです。

「もしもこれが事実なら、ドラゴンの素材に革命が起きるよ。まずは価値の変化。ドラゴンの鱗が魔法を弾くというのは有名な話だけど、素材ごとの程度の差が出るのはドラゴンの強さ、つまりどう成長したかに依存していると思われてたわけだよ。そこから可能性として低級のドラゴンの素材でも、処理次第で上位のドラゴンの素材に匹敵する性能を発揮できる、という議論もされてきたんだけど、それが根本から覆るだろうね」

処理をどうやったところで、そもそも鱗に含まれるインシュレイターの性能からして差があるのですからね。そこに焦点を当てて考えない限り、既存のアプローチが成功することは無いでしょう。

「希少なドラゴンの鱗の価値は跳ね上がって、そうでないものは下がる。数よりも質ってのは既にそうなんだけど、それが今まで以上に強くなるはずだよ」

「誰でも、使うならより質の良いものを求めますからね。そして、その質が他の手段で埋めることの出来ない差によるものであったなら。質の良いものの価値、需要は自然と高まるというわけですか」

「そうそう、そういうこと」

シュリ君は私の見解に頷き、さらに話を続けます。

「それに、魔法の分野にも影響が大きい。今までドラゴンの鱗は他の部位とは違って魔法の触媒にするには不適切だとされてきたんだ。でも、その原因が成分として含まれているインシュレイターにあるなら話が変わる。インシュレイターを抽出した後のドラゴンの鱗が、どんな魔法でどのように生かされるのか。研究すべきことが山ほどあるね」

今まで、ドラゴンの鱗は魔法を弾く物体だと考えられていたわけですからね。それが鱗そのものではなくインシュレイターによるものだと判明すれば、逆に鱗単独の利用方法にまで話が広がるわけです。

「なかなか、大きな話になりそうですね」

「そうだよ、オトギン。だからこの偉大な発見をしたオトギンには、インシュレイターに名前を付ける権利がある」

「名前、ですか」

「ドラゴンごとに違うインシュレイターが作られているわけだからね。それらを総称する言葉はインシュレイターでもいいとして、ここで見つかった二つの物質に関してはオトギンが命名しちゃっていいと思うよ？」

「なるほど」

新しい元素を発見した時の命名権のようなものなのでしょう。

少しだけ考え、すぐに決定します。

「こちらの、普通のドラゴンの鱗から採取した方のインシュレイターはドラシウム。私が持ち込んだ方の物質は、四天王の名前にちなんでアレシウムと名付けましょう」

「ドラシウムとアレシウム、ね。おっけー了解！」

言って、シュリ君は近くの黒板に二つの物質の名前をメモしました。

「で、最初の話に戻るけどさ。オトギンはボクに、このアレシウムともう一つ、ダークマターだったっけ？　これらの検査をお願いしたいんだよね？」

「はい。どのような性質を持つ金属なのか、より詳細に知っておきたいので」

「おっけー、分かったよ。とりあえずドラシウムも含め、いろいろ実験して確かめてみるよ」

シュリ君は言いながら、私が用意した二つのインゴット、アレシウムとダークマターの二つを容器の中に入れ、密封して片付けます。ダークマターの呪いを受けないよう細心の注意を払いながら。

そうして二つのインゴットを片付けた後、こちらを向いたシュリ君が問いかけてきます。

「で、こんなもの調べさせておいて、何に使うつもりなのかな？」

にっこりと、無邪気そうに見えてどこか含みのある笑みを浮かべてシュリ君は私に問いかけます。

「何か作るつもりってだけなら、オトギンはいちいちボクに検査してくれ、なんて言いに来ないよね？　どういうつもりかなぁ？」

シュリ君は、どうやら私がまた新しいことを企んでいると予想しているようですね。

しかし、今回は事情が違います。あくまでも、有咲さんに贈る装飾品の素材に相応しいかどうか、何か危険な性質が無いかどうか。それを調べてもらうために持ってきたのですから。

ですので、私は一部始終の事情をシュリ君に話しました。

最初こそシュリ君は驚いたような表情を浮かべたものの、その後は特に口を挟むこと無く、話を聞いていました。

そして全ての事情を話し終えて一言。

「ふふ。オトギンってば、なかなかのワルだねぇ」

ニヤリと笑みを浮かべ、シュリ君は語ります。

「確かに侯爵家と繋がりが出来れば、自分の商売にはプラスになるだろうけどさ。でも、気持ちを抑え込んでまで、自分の姪にそんなことさせるなんて。いやー、想像以上のワルだねぇオトギンは！」

シュリ君の言葉が胸に突き刺さるようでした。咄嗟に、まるで防御反応のように私は言葉を返します。

「そのつもりでは、ないのですが」

「でも結果的にそうなってるよね？」

事実が、突き立てられます。

「だったら、ワルだよねぇ？」

シュリ君の声が、妙に頭に響くようでした。

その後、私はシュリ君の研究室を離れ、帰路につきました。シュリ君に言われた言葉がショックとなり、どこか茫然自失としたまま歩きます。

その結果、何度も訪れた場所だというのに、迷子になってしまいました。

王城は広く、足を運んだことのない場所も多いため、変な道に入れば迷ってしまうこともあるでしょう。しかし、何度も通った道を間違えるというのはあまりにも集中力に欠けています。

自分でも、自分を間抜けだと思いながら元の道に戻ろうと歩くこと十数分。

「おや、乙木殿。どうされたのかな？」

マルクリーヌさんが、ちょうど正面から歩いてきます。

「実は、道を一本間違って迷子になってしまいまして」

「ああ、城内は広く複雑だからな。歩き慣れていなければ、迷うこともあるだろう。案内した方がいいかな？」

「お時間の都合が良ければ、そうしていただけるとありがたいです」

「承知した。では、こちらに」

マルクリーヌさんは、私を先導するように歩き始めます。私は、その後ろをついていきます。

そうして歩き始めてまもなく、世間話をする様子でマルクリーヌさんが口を開きます。

「そういえば乙木殿。噂を聞いたぞ？　姪っ子の、美樹本有咲殿だったか。彼女がルーズヴェルト侯爵殿と婚約するのだとか」

「ああ、ええ、まあ」

私は歯切れ悪く頷きます。その様子に気づいていないのか、マルクリーヌさんは普段通りの調子で話を続けます。

「確かに、嫁ぎ先としてルーズヴェルト侯爵殿は悪くない。良いお方だし、派閥としても最大派閥で、私の実家もあの方の派閥だ。乙木殿の親類があの方との縁を持ったとなれば、乙木殿が名誉貴族ではなく、れっきとした貴族籍を持つことも視野の内に入ってくるだろう」

「そう、ですね」

「私はてっきり、あの子は乙木殿の第一夫人となるのかと思っていたのだが、とはいえ政略結婚など上流階級の間では珍しいことでもない。ルーズヴェルト侯爵殿であれば、その辺りも踏まえた上で婚約の話を持ちかけてくださったのだろうから、愛人として乙木殿の元に通う道も無くはない。無論、面子《めんつ》には十分配慮した上でだが」

その言葉に、一瞬私は想像してしまいます。有咲さんが侯爵家に嫁いだ後も、私のところに来てくれる。戻ってくれる可能性を。

期待してしまったかのような、というより実際に期待しているからこその妄想に、私は嫌気が差しました。

自分は、こんなにも醜く、汚い感情の持ち主だったのかと。自分の都合で有咲さんを政治的に利用し、挙げ句有咲さんには自分のものでいてほしいなどと思っている。

あまりにも、酷い。そう思うと、もう堪えてはいられませんでした。

「すみません、マルクリーヌさん。少々用事を思い出しました」

「ん？　何かあるなら、そこまで案内しよう」

「いえ、ここまで来ればもう大丈夫です。それでは」

私は一方的に、かつ逃げるようにマルクリーヌさんから離れます。

一度どこかで、一人で、心を落ち着けたい気分でした。

私はどうすればいいかも分からぬままに王城内部を歩き回り、最終的には中庭らしい空間まで辿り着きました。

木々や花々を眺めながら、呆然と歩いてまわります。そうして何もかも一度空っぽにして、気分を落ち着けるためです。

暫くそうしていると、ふと気づいた時には私の真正面に一人の少女が立っていました。

「あの、愛《いと》しの我が君。大丈夫でしょうか?」

姿を現したのは、七竈《ななかまど》八色《やいろ》さん。私をストーカーする、勇者として召喚された子たちの中の一人です。

七竈さんは私の前に姿を現さない、という約束だったはず。ですから、こうして私の前に現れたのには意味があるはずです。

「どうしましたか、七竈さん」

「それは、あの、私が言いたいことでしてっ! 愛しの人が、なぜ最近になって悲しそうにしていらっしゃるのか、その、どうしても知りたくて、あとは心配もあって」

あの、その、と口ごもりながらも、七竈さんは私を心配するような様子を見せてくれます。

それだけ、私の様子がおかしかったということなのでしょう。姿を見せない約束を破ってしまうほど不安になる、そんな姿を晒していた自分が情けなくなります。

「ご心配をおかけしましたね。もう、大丈夫です」

「えっと、それって本当ですか？　美樹本さんのことを気にしているんですよね？」

ずばり、七竈さんは事の本質に切り込んできます。思えば、この子は私のストーカーです。恐らくは私以外で全ての事情を事細かに知っているのはこの子だけなのでしょう。

むしろ、第三者であるが故に、私以上に私の状況に詳しいかもしれません。

「確かに、その通りです。私は、有咲さんの気持ちを無視した。有咲さんを自分のために利用するような真似をした。それなのに、まだ有咲さんがまるで自分のもののような気持ちでいるんです。こんな、どうしようもないことを考えてしまう自分が情けなくて、最低だと感じています」

私は正直な気持ちをつい漏らしてしまいながら、はあ、とため息を吐きます。

すると、七竈さんは怖いぐらいに爽やかな笑顔を浮かべて言い始めます。

「大丈夫ですっ！　愛しの人！」

何が大丈夫なのか分からず、私は首を傾げます。七竈さんはそのまま勢いよく話を続けました。

「私なら、貴方様のためになれるのならどんなことだってしてします！　貴方様の幸せが私の幸せ。ですから、貴方様がどこの馬の骨とも知らない男のところに嫁げと言えば、私なら喜んで嫁ぎます！」

常軌を逸する七竈さんの発言に、私は呆気《あっけ》に取られてしまいます。が、構わず七竈さんは一方的に話を続けます。

「なので、きっと大丈夫です！　貴方様を愛する私だって本望ですから、きっと同じように美樹本さんだって本望のはずです！　だから、愛しの人が心配したり、気に病んだりする必要なんて一切無いんですっ！」

七竈さんは、一生懸命に私を励まそうと言葉を尽くします。しかし、その言葉が続けば続くほどに、私の中にはある疑念が育っていきます。

まさか、とは思うのですが。もしかすると、有咲さんもまた、七竈さんと近い心理状況にあったとすれば。

私の事業をより円滑に、大きく成功させるため、侯爵家との縁作りは極めて有用です。つまり有咲さんと侯爵の婚約は、考えようによっては私の幸せに繋がると言えます。

もしも、有咲さんがそう考えているのなら。七竈さんのように、私のために、という理由でルーズヴェルト侯爵との婚約を決めたのなら。

突然、一人でルーズヴェルト侯爵に婚約を申し込んだことにも説明がついてしまいます。

そして、この説の信憑性《しんぴょうせい》もある程度は高いと言えます。

何しろ他ならぬ私自身が、同じようなことをしているわけですから。有咲さんが幸せになるためであれば、私はあの子を、一人の女性として見るわけにはいけません。誰か私以外の立派な男性と結ばれて、何の不安も無い人生を送るべきなのです。

そんな選択を、私自身がしているのですから。有咲さんもまた、自分よりも大切な人のことを優先して、本来選び得なかった選択をする可能性があるわけです。

それに気づいてしまうと、途端に足元が、全ての前提が崩れるような気がしてきます。私は有咲さんの幸せに繋がると思って、今まで行動してきました。ですが、もしも有咲さんがやってきたことが私のための選択だったとすれば。

私は今まで、ずっと私だけのために行動していたのだと、そう言う他ありません。

途端、目の前が真っ暗になります。不快感と焦燥感を混ぜ込んだような、訳の分からない情動が脳裏を支配します。何も考えられない。ただ絶望が押し寄せてきます。

ともかく、出来ることがあるとすれば、一つ。

有咲さんの、真意を確認することです。

「ありがとう、ございます。七竈さん」

私は、まだ話している途中であった七竈さんを遮り、そう呟きます。

「おかげで、気づくことができました」

「え、あの、えっ？　どうされたんですか、愛しの人っ！」

一方的な感謝の言葉を告げ、私はその場を離れます。困惑する七竈さんを置いて、私は駆け出しました。


駆け足で魔道具店の方まで帰り、私は有咲さんを探します。

「有咲さんは、いますか？」

「有咲さんなら、今は自分の部屋にいらっしゃいますよ」

ちょうど店に出ていたシャーリーさんが答えてくれました。私は有咲さんの部屋のある二階まで早足で向かい、扉をノックします。

「有咲さん。私です。少し、話したいことがあるのですが」

ノックの後、少しの間を置いてから返事が返ってきます。

「いいよ。入って」

許可も出たので、ドアを開いて有咲さんの部屋に入ります。中では有咲さんが待ち構えていたみたいに、椅子に座っていました。

「どうしたんだよ、おっさん。急にさ」

優しげに有咲さんは微笑んでいます。しかし、それがどこか悲しげにも見えます。

「質問がありまして。有咲さんは、なぜルーズヴェルト侯爵と婚約することに決めたのですか？」

「そんなの、そうしたいって思ったから」

「ですから、なぜそう思ったのですか。理由を聞きたいのです」

私がしつこく問い詰めると、有咲さんは困ったように顔を顰めます。

それでもなお、私は理由を求めて質問を続けます。

「身勝手で自惚《うぬぼ》れ気味な予想にはなりますが、有咲さんは私の役に立つからと、それだけの理由でルーズヴェルト侯爵と婚約することにしたのではありませんか？」

「そうじゃないし！」

「では、なぜなのですか。突然、有咲さんが脈絡無く覚悟を決めたように私は思えています。ですから、その理由が知りたいのです。何も分からないままでは、納得が、出来ません」

未練たらたらの女々しい質問攻めですが、それでも確認しておかなければなりません。その理由の部分が最も大事なことで、そして今までなあなあで済ませてしまっていたことですから。

「アタシはただ、これが自分にとって一番だって思ったから。理解できたからやってんだよ。もう、ほっといてよ！」

いくらか悩むような表情を見せた後、有咲さんは悲痛な声で言い返してきます。

「今さら何だよ。そんなこと聞いて何になるんだよ。じゃあおっさんは、アタシのことどうするつもりなんだよ。もしアタシが、嫌々侯爵様と婚約してるんだったら、おっさんは何をしてくれるんだよ！」

「それは」

「なんもしてくんないじゃん！　だったらなんも聞かないでよッ！」

ヒステリックに叫ぶ有咲さん。ですが、その言葉はもっともだと思います。

今さら何を言おうが、どう思おうが何も変わりません。有咲さんは侯爵との婚約を選んだ。私は有咲さんを送り出すことを選んだ。

それでも、という思いと、同時に理性的なこれ以上の詮索はやめるべき、という考えが鬩《せめ》ぎ合い、言葉に悩み私は口を噤《つぐ》みます。

そこに被せるように、有咲さんは言います。

「ちゃんとさ、見送ってよ。アタシ、ちゃんとおっさんに大切にされてるんだって思いたいからさ。そうでなきゃ、さすがに、ちょっと嫌だよ」

ちょっと嫌だ、という言葉が出てきたことに私は驚きます。自分の気持ちを隠すみたいに、秘密主義的であった有咲さんが、そこだけは感情面をはっきりと口にしたのです。

それはつまり、言葉通り以上の気持ちが籠もっていることにもなります。

私は、自分の未練で有咲さんを質問攻めにして、挙げ句こうして悲しませている。

その事実を突きつけられたような気がして、一気に冷静になります。

「分かり、ました。それなら、もう何も聞きません」

「うん」

「私は、有咲さんの保護者です。保護者として、ちゃんと貴女《あなた》を侯爵の元に送り出します」

「うん」

みっともない真似をしている場合ではありません。そんな、自分本位の考えで有咲さんを傷つけている場合ではないんです。

やはり、私では駄目なのでしょう。この有様なのですから、きっとどのようにあがいたところで有咲さんを傷つける。不幸にする。

だったら、大人しく見送りましょう。

心の内がどれだけ荒れていようとも、平静を装いましょう。

それが、保護者としての私の努めです。

覚悟を決めてからの日々は、まるで古いフィルムを早回しで見ているかのように、どこか現実感の無いまま素早く通り過ぎていきました。

私はあくまでも親代わり。保護者なのだから。であれば、何をするのか。

推測される、理屈で導き出される私の取るべき行動を、常に意識して行動し続けました。

何の未練も見せないように。どんな不満も明かさぬように。

異様な穏やかさを保ったまま過ぎ去る日々の中で、有咲さんもまたどこか演技めいた態度を徹底していました。

あくまでも、父親に甘える娘のように。これからの幸せな日々に期待する少女のように。

そんな有咲さんと、私は、お互いにお互いの心の内を見せないよう、細心の注意を払いながら過ごしていました。

やがて、一ヶ月ほどの日々を過ごした頃には、私が保護者として用意すべき、婚約披露宴で有咲さんが身に着ける二つの贈り物が完成しました。

ローサさんに頼んだドレスは、華美な装飾こそ無いものの、決して地味というわけではなく、むしろ生地そのものが持つ真珠のような七色の光を活《い》かした素晴らしい出来のドレスでした。

そして、装飾品としてはアレスヴェルグの鱗から抽出された金属、アレシウムを加工して作り上げたエンブレムを首から下げるようにしたネックレスを用意しました。

シュリ君の検査の結果、アレシウムが人体には無害であると分かりました。魔力を弾く効果が発動する領域は水をはじめとする一部の物質により遮断されるそうです。なので、人体の内側の魔力に悪影響を及ぼすことはありません。

むしろ、咄嗟に飛んできた攻撃魔法などを弾く効果があり、護身用としての効果を発揮するぐらいだとか。

そんなアレシウムを、鎖の部分までふんだんに使ったネックレス。肝心のエンブレム部分は、沙《しゃ》羅《ら》の樹の花を模したデザインにしました。

沙羅の樹は仏教では若返りや復活を意味する樹とも伝えられており、何より平家物語の一節における沙羅双樹《さらそうじゅ》、つまり日本で沙羅の樹の代わりに植えられていた夏椿《なつつばき》とは別物です。

私が有咲さんの名前に込めてしまった呪いを否定し反転させるような意味合いと、有咲さんの今後の壮健を願っての意匠として相応しいと思い、制作しました。

そして、さらに一ヶ月後。

ルーズヴェルト侯爵とのやりとりで決まっていた、婚約披露宴の当日がやってきました。

貴族の披露宴としては急ピッチが過ぎるのですが、有咲さんが庶民であることを考えると、過度に準備をしすぎて立派なものにするのも角が立つため、ほどほどの準備期間と披露宴の内容を考えた結果、決まった日取りです。

私はそわそわしながら、有咲さんの準備が済むのを待っていました。ドレスを着て、ネックレスを首に下げて、髪型までセットし、化粧も施します。

一通りの身支度は侯爵が都合をつけてくださった、その道のプロが済ませてくれます。

なので私がやることは無く、有咲さんの部屋の前でうろうろと歩きながら待っているわけです。

やがて準備が終わったのか、有咲さんの部屋のドアが開きます。

「どうぞ、お入りください」

その道のプロの方がそう言って、有咲さんの部屋に招き入れてくれます。

私は部屋に入るとまず見えた、有咲さんの後ろ姿の時点で既に驚きました。美しいドレスと、髪を編み込みアップにした結果見える項《うなじ》。清楚さと、女性の魅力のどちらも引き立てるような姿に、つい息をのみます。さすが、その道のプロの方です。

そして有咲さんがこちらを振り向くと、さらに驚き、言葉を失います。

編み込んだ髪を飾るようなヘッドドレスは、恐らくプロの方が準備してくれたものでしょう。それがネックレスやドレスともマッチしていて、違和感がありません。

そして化粧を施された有咲さんの顔立ちは、いつもよりも凛々《りり》しく、かつ愛らしく見えて、彼女自身の魅力が何倍にもなって引き出されているように感じます。

「どう、かな」

有咲さんが、緊張した面持ちでそう聞いてきます。私は慌てて、答えを返します。

「綺麗ですよ。恐らく、今は貴女が世界で一番の美人です」

「あはは、さすがに褒めすぎだし」

そう言って、有咲さんは微笑みます。

「でも、ありがと。このドレスと、ネックレス。どっちも最高のプレゼントだよ。アタシ、今日のこと絶対に忘れない。一生大切にするからね、雄一お兄ちゃん」

「そう言ってもらえると、頑張って用意した甲斐《かい》があるというものです」

私はそう言って、満足したように頷きます。

「じゃあ、行ってくるから」

「はい」

「見に来てね」

「はい」

そうして、有咲さんはその道のプロの方に手を引かれ、店の前に停まっている侯爵が用意した馬車に乗り、先に披露宴会場へと向かいます。

披露宴の招待状を受け取っている者は、また後で会場へと向かうことになります。

それは昼過ぎ頃になるはずです。なので、そろそろ私も準備をするべきでしょう。披露宴なのですから普段通りの服装で向かうわけにはいかず、きちんとした礼服に身を包む必要があります。

当然、既に買って用意は済ませています。

なのに私はその後暫く、ただ呆然と誰も使わなくなる部屋の中、立ち尽くすばかりでした。

第七章

決断の時

そろそろ、披露宴会場の入場が始まる頃でしょうか。

私はそれでもまだ準備もせず、有咲さんの部屋にいました。これからもう必要なくなるであろう椅子に座って、部屋の中を呆然と眺めます。

思えばいろいろありました。始まりは異世界に飛ばされてからでしょうか。いえ、正確にはもっと前。それこそ有咲さんが生まれた時からです。

姉に呼び出され、生まれた娘の名前を決めようという話になって。その頃の私はどうしようもなく捻《ひね》くれた最低の男でした。

平家物語の一節から文字を取り、小さな命の灯火に有咲という名前をつけました。

その後は姪っ子と叔父として、有咲さんが小学生になった頃までは縁があったでしょうか。何のきっかけだったかまでは忘れましたが、確か私が大学を中退して、アルバイトを転々とし始めた頃には姉の家を訪ねることは無くなりました。

まだ自分は若いと思っていて。まだ自分には何か出来ると思っていて。そう考えているうちに日々は過ぎ、年を取り、身体は部位ごとにみっともなく萎《しお》れ、皮膚は栄養の偏りからか汚い色に変わっていきました。

もう自分が何者でもない存在なのだ、と気づくには、あまりにも十分な変化でした。

いつしか自惚れは反転して、自分がどこまでも惨めに思えて、せめて小さなことでもいいから誰かのためになって死んでいきたいと、そんな思いを抱くようになって。

そしてあの日。夜勤明けのコンビニ前で、有咲さんと再会し、異世界へと飛ばされたのです。

今にして思えば、随分とあの時の自分は興奮していたように思います。何者でもなかったはずの自分にも出来ることが見え始めて。やれることをやると結果がついてくる日々を過ごして。

自信を取り戻し始めた頃に、路頭に迷いかけていた有咲さんを保護して。

目まぐるしく変化する日々の中で、私を頼りにしてくれて、ずっと身近で親身になってくれた有咲さんを好ましく思い始めて。

そこから状況が拗《こじ》れて、今に至るわけです。

冷静に考えれば、これで良かったのです。そもそも、私と有咲さんが男女の関係になるなどありえません。姪と叔父なのですから。そんなものは一時の気の迷いです。

私には有咲さんを幸せにできる甲斐性もありませんし。

これで、良かったのです。

「こんな所で何をしているのですか?」

不意に、声がかかりました。

部屋の入り口の方を見ると、そこにはマリアさんが立っていました。

「情けない話なのですが。有咲さんの晴れ姿を見るのが怖くて。足が動く気がしないんです」

「そのような有様で、保護者を気取ってきたつもりですか。情けないですね」

マリアさんは、やたら辛辣《しんらつ》な言葉で私を責め立ててきます。しかし、そう言われても仕方ないような状態であるのも確かです。

「仰る通りです。自分が情けなくて、嫌になりますよ」

「だったら、どうにかするべきではありませんか？　理由は考えましたか？　原因は、私にははっきりしているように思えますけど」

「そう、ですね。理由は、確かに。誰に言われるまでもなく」

「有咲さんのことが好きなんでしょう？」

言われて、明確になります。

私は有咲さんが好きだ。愛しています。

たぶん、自分が理屈で理解している以上に、心で惹かれています。

否定する気も起きないほどの、図星でした。

「ですね。倫理的には、少々問題がありますが」

「そうでしょうか？　貴族であれば近親婚も普通にあることですし、大商人や高位の冒険者等も、稀《まれ》ですが同じような話はあります。一般的ではありませんけど、不自然ではありませんよ？」

「私の故郷では、ありえないことだったんです」

それを聞いたマリアさんはため息を吐きます。

「王都生まれでもないのに、王都に住みながら故郷の話をしますか？　思い出に浸るのもいいですが、今は現実的なことを考えてください。乙木様。貴方は今、王都の常識で言えば単なる裏切り者ですよ。自分の女を貴族に売った外道です」

「あはは。そうかもしれませんね」

「だったら、どうしてこんな所にいるのですか！」

マリアさんの怒鳴り声にも、私は強く言い返す気力は湧きませんでした。静かに、自分の中で整理した事実を語っていきます。

「これが一番、有咲さんの幸せのためですから。ルーズヴェルト侯爵であれば、悪いようにはしないでしょうし。対して私はこの通り、格好良くもなければ甲斐性もありません。お金の問題は貴族であれば不満などありえないでしょうし、生活の安全面でも危険に首を突っ込んでいく可能性のある私の隣よりは断然いい。有咲さんの幸せを思えば、必然的にそうなります」

この発言に、マリアさんはため息を吐きます。

「はぁ、何をそんなにいじけているのか知りませんけれど。女の子の幸せは、いつだって一番好きな人の隣にいることです。なぜ、それを叶えてあげないのですか」

「別にいじけているわけでは」

「いじけています。誰がどう見ても」

私の反論はピシャリ、と言葉を重ねられて封じられてしまいます。

「何が気に入らないんですか。何がそんなに、怖いんですか。どうして、そんなにも当たり前のことから顔をそむけて、逃げようとするんですか！」

言い返す、合理的な言葉が見つかりません。

「逃げているわけでは、ないのですが」

そう言うと、マリアさんはやれやれ、といったふうに首を振ります。

「有咲さんに、私は聞きました。どうしてこんなことをするのかと」

マリアさんは私に呆《あき》れた様子のまま、語り続けます。

「自分のスキルが教えてくれるから、と言っていましたよ」

「スキル、ですか。カルキュレイターですね」

「恐らくはそれでしょうね」

どうやら、有咲さんの選択はカルキュレイターの保証まであるようです。なおのこと、私の出る幕は無いような気がしてきます。

「基地の視察の時に、有咲さんは乙木様と聖女様が互いに抱き合う姿を見たそうです。その時、全てが理解できたのだと」

言われて、気づきます。それは正に、何かがおかしくなった始まりの日のことでした。

「自分がいなくても、貴方にはいくらでも女性がいる。相手には困らない。そして自分が侯爵様のところへ嫁げば、貴方にとって最大の利益が得られる。だったら、自分は侯爵様を選ぶべきだと。それがベストであると言っていました」

「なぜですか。なぜ有咲さんは、私の利益なんかを」

「愛しているからでしょう」

マリアさんは私の言葉を聞いていられなかったのか、途中で呆れと僅かな怒りが滲《にじ》む声で言い返してきました。

「有咲さんは、乙木様のことを愛していると。だから、乙木様が一番幸せでいることが自分にとっての一番の幸せなんだと。そう言っていましたよ」

ああ、なるほど。確かにそれは、納得できる理屈です。私自身が、そんなことを言って自分よりも有咲さんの幸せを考えようとしているのですから。

「ずっと、同じ答えが頭から離れなかったそうですよ。自分で自分を使って、貴方の夢を、目標を手伝う。そうやって貴方のためになることが、貴方のことを愛している自分にとっての一番の幸せなんだと。そうスキルが教えてくれると言っていましたよ」

「そう、ですか。カルキュレイターが導き出した答えなら、間違いはありませんね」

そう言った瞬間でした。

パァン！　と、私の頬がマリアさんの平手打ちで叩かれました。

「ふざけないでください。スキルによる幸せが、その人の一番の幸せになるとは限らないでしょう！　そんなこと、あるはずないでしょうが！」

「しかしカルキュレイターとはそういうスキルで」

「では、何ですか？　スキルを持たない人たちは幸せになれないのですか？　答えを教えてもらえない人たちはいつも間違えて、いつも不幸で、いつも失敗ばかりしているのですか？　違うでしょう。そんなものが無くたって、人は自分の幸せぐらい自分で考えて選ぶことが出来ます」

理屈は分かります。しかしカルキュレイターとは女神に与えられた必ず答えを導く、スキルです。

と、そこまで考えて私は気づきます。

確かにカルキュレイターとは答えを導くスキルです。しかし、機能はあくまでもそれだけ。見たもの、聞いたものから推測される可能性、最も合理的な結論を導くものです。

なので、導き出された答えと自身の幸福の間で齟齬《そご》が生まれる可能性は十分にあるでしょう。見たもの、聞いたものから得た情報、つまり外部からのインプットが膨大で、自分で自分の気持ちを押し殺し、感情面でのインプットが最小限であったとしたら。

そこから導かれる答えが、自身の感情面での幸福を小さく見積もる可能性は否定できません。

そして、私にはその心当たりがあります。有咲さんに好意を伝えられたあの日から。私は明らかに自分の気持ちに嘘を吐いてきました。そして有咲さんを拒絶して、拒絶し続けて、どこまでも彼女を受け入れはしないという態度を取り続けました。つまり、異常なインプットをカルキュレイターに入力し続けたのです。

旅の間もそれは続いて、それでもまだ有咲さんは諦めなかった。私のことが好きだと、ずっと伝え続けた。それも私は、否定し続けた。

そして最後に、三森さんとの一件を目撃し、とうとうカルキュレイターが導き出す答えも変わってしまった。

異常なインプットが続いた結果、とうとうカルキュレイターが導く答えも異常なものになってしまった。

そう考えれば。

もしもそうだとすれば、全ての状況に説明がつきます。突然有咲さんが態度を変えた理由も。有咲さんが自分の幸せよりも私の利益なんかを優先する理由も。全ては私が有咲さんを拒絶し続けたことから導かれた、最も合理的な、しかし間違った結論に過ぎなかったのです。

「ご理解いただけたみたいですね」

安心した様子でマリアさんが呟きます。ずっと黙り込み、考え込む私を見てそう思ったのでしょう。実際、カルキュレイターというスキルが持つ欠点と、それにより発生する状況については理解できたので、そう的外れな見解ではありません。

「さて。では乙木様。最後に聞きます。貴方は、どうしますか？」

マリアさんは、いよいよ本題、といった様子で切り出しました。

「愛する男性を幸せにしたいと本気で願って、全てをなげうってまで尽くしてくれる女の子がいます。乙木様。貴方は彼女を幸せにしてあげますか。それとも不幸にするつもりですか。どっちなんです！」

突き付けるような、マリアさんの問いかけ。これに私は、まだ拭いきれない躊躇いを露《あら》わにして答えます。

「しかし私では、きっと間違えます。今回みたいに、これから何度でも」

「だったら、その都度反省して、やり直しましょう。それこそ今回みたいに、これから何度でも」

返す言葉もありません。正論そのもので、私の言葉が所詮逃げのセリフに過ぎないのだと自覚させられます。

しかしそれでも、やはり私は自分を信じきることができません。

「ですが私には、その資格がありません。私は、あの子の名付け親なんです。あの子の名前に、到底まともな大人が思いつくとは思えない酷い意味を込めてしまったんです。そんな私には、あの子の隣に立つ権利があるとは思えないんです」

「名前、ですか。確かにそれが事実なら酷いことをしたのでしょうけれど。だったらなおさら、責任を取るべきではありませんか？　悪いことをしたと思うなら、その分、有咲さんを幸せにしてあげるべきでしょう？」

確かに。理屈としては明らかにそちらの方が筋が通っています。有咲さんに悪いと思いながら、私が選んだのは責任を取る道ではなく、責任から逃れる道だった。その負債を、誰か見知らぬ他人の力で帳消しにしようとしていました。

とうとう、理屈として私が逃げる理由の一切が潰されてしまいました。

私は静かに立ち上がり、呟きます。

「まったく、その通りですね。私は有咲さんを、幸せにしてやりたい」

「ええ。それが出来るのは貴方だけですよ、乙木様」

マリアさんは、私を慰めるように抱きしめてくれます。

「つらく当たるような言い方をして、ごめんなさいね。でも、このままでいいとは思えませんでしたもの。それに、乙木様が迷っているのは明らかでしたから」

「迷い、ですか」

「ええ。貴方は、自信に溢れる男性のような振る舞いこそしていますが、どこか違和感がありました。自信というよりは、やけっぱち。そんな貴方が、旅から帰ってきて萎縮している姿を見て、確信しました」

マリアさんは、私が自分でさえ意識していなかった私の内面について言い当ててきます。

「乙木様。貴方は自分のことを、何の価値も無いと思っている。そうですね？」

頷く他ありません。

「はい」

まったくもってその通り。反論の言葉など思いつく気すらしません。

「自分に価値が無いと思うから、失敗が怖くない。だから、何でも挑戦できる。命の危険がある冒険者だって、成功するかどうか分からない魔道具店だってできる。でも、そこにあるのは自信じゃない。まったく逆で、自分に何にも価値が無くて、自分が空っぽで、失うものが無いから何でもできる。そして何でもできる気になっているからこそ、自分に価値が無いことが認められない。証明したくて、あがいて、誰かに認められたくて、やけっぱちの出たとこ勝負で生きている」

「あはは。言われてみると、とても当てはまっていてびっくりします」

「でしょう？　貴方のような人は、昔、よく見ていましたもの」

そこまで言うと、マリアさんは私から離れ、背後に回ります。

そしてバン、と背中を叩いて押してきました。

「ですから、どうすればその気になってもらえるのかもよーく分かっています。重々承知しております とも」

そう言った後、マリアさんは優しい声色で、私の背中を撫でながら告げます。

「価値があるとか無いとか、そんなことは私には分かりません。貴方の悩みに対して、私が答えてあげることなんて出来ません」

どこか突き放すような言葉。ですが、それはすんなりと私の心に染み入ってきます。

「ですが、私が貴方のやること全てを受け止めます。どんなことをする貴方でも、どんなに間違えたり、失敗したりする貴方でも、私がここで待っています」

私の中の不安が、マリアさんの言葉を聞くほどに薄れていくのを感じます。

「だから、行ってらっしゃい。まずは貴方がやりたいと思うことを、全力でやってきなさい」

そこまで言ってもらえたことで、ようやく覚悟が決まりました。

「ありがとう、ございます。マリアさんのおかげで決心がつきました」

「どうするおつもりですか?」

「有咲さんのところへ。後は、まあ、出たとこ勝負です。何にも考えていません」

「ふふっ。それでいいんです。行ってらっしゃい」

バン、とまた背中を叩かれました。今度は気付《きっ》けというよりも、送り出すようなニュアンスでしょうか。

「では、行ってきます」

「ええ」

私はマリアさんに背中を押され、そのまま有咲さんの部屋を抜け出します。

そして、婚約披露宴の会場へと向かって駆け出しました。

会場に向かう道中、私は走りながら考えます。

どうして自分が、こんな馬鹿なことをしたのか。

どうして自分は、誰がどう考えても二人揃って不幸になるだけの道を選んでしまったのか。

それは恐らく、自分を支配してきた無力感が原因なのでしょう。

若い頃の私は、自分を特別だと思っていました。人より優れていて、まわりの奴らはみんな馬鹿で。自分だけが何かすごいことに気づいているような、そんな気がしていました。

けれどそれは間違いだった。勘違いに過ぎず、気がつくと何も成し遂げることなく年を重ねていました。

あの頃馬鹿だと思っていたクラスメイトたちは結婚して家庭を持ち、平凡だと思っていた大学時代の友人は大手企業や地元で就職して。

一方で私は、何でもない、誰にでも出来るアルバイトでその日暮らしを続けていて。

いつしか正体の無い無敵感は裏返り、漠然とした無力感を抱くようになって。

自分は所詮《しょせん》こんなものだ、と自分で自分を諦めてきました。

そうやって私は、今の自分の価値観を形成してきました。

けれどそんなものはもう、捨ててしまいましょう。

有咲さんを幸せにするためなら。最後まで間違え続けたり、諦め続けたりしないためなら。この身体を支配する無力感から卒業して、少年時代に戻りましょう。

いつからか抱くようになった、自分こそ特別だと思うようになるよりもっと前に。毎日が冒険で、驚きと発見に満ちあふれていたあの時代に。

そして何より、自分が一番素直で、気持ちに正直で、間違えば反省して、学んで、成長していたあの頃に。

私は駆けながら、周囲に視線を向けます。ちらり、ちらりと道の脇に立ち並ぶ家々や店の数々、人々の表情に視線を向けます。

彼らに負けているわけでもなく。彼らを馬鹿にするわけでもなく。笑っている人はなぜ笑っているのか気になって。見たこと無いものを並べる店には入ってみたくて。どんな人が住んでいるんだろうと玄関先から想像して。

そんなことをしていた頃を思い出しながら、少しずつ、進んでいきます。

とはいえ、私の身体能力はステータスの影響によりかなり高くなっているので、婚約披露宴の会場までは一度も足を止めることなく到着しました。

披露宴の会場は、王都内にある大聖堂。国教となっている宗教団体の施設を使わせてもらうことになっているようです。

そこで司祭様に祝福の言葉を賜り、婚約したことを神に宣誓するわけです。

出来るなら、私はその前に割り込まなければなりません。

大聖堂の入り口は、複数の騎士らしき姿の人たちが囲み、警護していました。装備がマルクリーヌさん等《ら》王国の騎士のものとは違うので、恐らくは教会に所属する騎士なのでしょう。

無理やり入ろうとすれば、彼らと戦いになってしまいます。しかし、罪の無い騎士を傷つけるのは本意ではありません。

そしてどこか他に入り口は無いか、と大聖堂を観察していると、三階か四階ぐらいの高さにある採光用の窓が開いていることに気づきます。

ここから侵入することにしましょう。

「あ、おい貴様！　何をしている！」

私が窓まで跳び上がり、侵入しようとしていることに騎士たちは気がつき、声を上げます。

しかし、もう手遅れ。私は窓を潜って大聖堂の内部への侵入に成功します。

タイミング的には、ちょうど司祭様が祝福の言葉をつらつらと述べ始めたところの様子です。一冊の本を手に、何やら唱えるように朗々と語っています。

私は、一刻も早く割り込みたいという気持ちが勝っていました。

「有咲ァァァァアアアアッ！」

窓から侵入してすぐの、手すりから身を乗り出して叫びます。

次の瞬間、披露宴の参加者全員の顔がこちらを向きます。見知った顔以上に、見知らぬ顔が立ち並んでいます。

彼らは様々な感情を顔に浮かべていました。驚き、喜び、疑い、嫌悪、と様々な感情を向けられながらも、私はもう一度叫びます！

「有咲！」

その呼びかけに、有咲は混乱している様子でした。隣にはルーズヴェルト侯爵が立っています。何を考えているのかは読めませんが、少なくとも怒りのような感情は読み取れません。

やがて有咲は何度か周囲の人々の様子を確認した後、こちらに向かって叫び返してきます。

「雄一お兄ちゃぁぁあああんッ！」

「有咲ァ！」

私は呼びかけに応えるようにまた名前を呼んで、そして聖堂のど真ん中に飛び降ります。披露宴参加者のざわつく声が、私から逃げるような悲鳴混じりになり、そしてすぐに静かになります。

まるで私の様子を窺うように、周囲の人々が距離を空けます。

そして対称的に、ルーズヴェルト侯爵だけが前に歩み出て、私と有咲の間に立ちます。

「これはどういうつもりかな、乙木殿」

「この婚約に、異議を唱えに来ました」

その言葉を発した瞬間、周囲がまたざわつき始めます。

「乙木殿は、どのような理由があって異議を申し立てるつもりなのかな？」

「有咲は、俺の女です」

その言葉を、躊躇うことなく口にしました。

すると途端に有咲は感極まった様子で涙を流します。

一方で、怒るか苦言を呈《てい》するかと思われたルーズヴェルト侯爵は、なぜかニヤリと笑います。

「そうかそうか、それは困ってしまった。どうすればいいかな？」

どこか演技めいた仕草をしながら、周囲の披露宴出席者に視線を送ります。

そして、その直後です。

「この物言い、俺が預かりましょう！」

人々の中から手を挙げ、名乗り出た人物がいました。

そちらに視線を向けると、なんとそこには金浜君がいました。

「侯爵の婚約に口出しするなどという暴挙、これは前代未聞の事件です。普通なら上手くいくはずがありません。しかし！」

金浜君もまた、ルーズヴェルト侯爵と同様に演技めいた仕草で周囲に語りかけます。

「こちらの男性、乙木雄一さんはそれでも愛する女性のために現れた！　その勇気に敬意を表して、ルーンガルド王国の勇者として一つの提案があります！」

そして、金浜君は腰に下げていた剣を抜いて掲げます。

「この俺、勇者金浜蛍一は貴方に決闘を申し込む！」

宣言と同時に、周囲から今までと色の違った声が湧き上がり、ざわめき出します。

「もしも俺との決闘に勝てば、この婚約への物言いを勇者金浜蛍一、そして彼女、教会も認める聖女である三森沙織、二人の名で認めましょう！」

その言葉と同時に、人の壁の合間から三森さんまで姿を現し、金浜君の隣に立ちます。

「どうでしょう、ルーズヴェルトさん。この提案を受けていただけますか？」

「ふむ。我が国が誇る勇者殿、そして聖女殿までそう言うのであれば仕方ない！」

仕方ない、と言いつつも、ルーズヴェルト侯爵は全く悔しがる様子もなく言います。

そしてパン、と一度手を叩き、人々に向けて語りかけます。

「それでは皆さん。婚約披露宴は一時中断。これから勇者殿の決闘を行う！　場所は既に教会騎士団の訓練場を借りてあるので、そちらに移動となる。案内の者も準備してあるので、速やかに移動していただきたい！」

そして、ルーズヴェルト侯爵の言葉が続くごとに、周囲の人々は安心した様子で口々に会話を繰り広げます。これはそもそも、こういう催事であったのだ、と。私が登場した時とは一転して、緩《ゆる》い雰囲気で全員が大聖堂から移動していきます。

取り残されたのは、私と、ルーズヴェルト侯爵、金浜君に三森さん、そして有咲の五人だけです。

私と有咲の二人が唖然《あぜん》としていると、ルーズヴェルト侯爵が私に向かって話しかけてきます。

「これは貸しだぞ、乙木殿？」

「あの、事情がのみ込めないのですが」

「それは、俺が説明しますよ」

そう言って、侯爵に説明を代わってくれたのは金浜君です。

「お二人が無理をしていたというか、変に意地を張っていたのは見ててはっきりと分かったんで、ルーズヴェルトさんに相談したんですよ。そしたら、ルーズヴェルトさんとしてもちょっと困ってたみたいで」

「正直、あのまま婚約の話が進んだとしても厄介事を抱え込む気しかしなかったのでね。元々は私から提案した話である以上は無下にも出来ない。乙木殿との関係も悪化しかねない。そうなれば、そもそもの婚約の提案をした理由が無意味になってしまうだろう？　だから勇者殿の提案に乗ることにしたのだよ」

そう言って、ルーズヴェルト侯爵は少しだけ楽しげに語ります。

「ざっくりと言えば、乙木さんの知り合いに当たって、乙木さんに発破をかけてもらいました。で、今日ここに乱入してもらえるよう誘導したんですよ。とは言っても、上手くいくかは分かりませんでしたから、どっちに転んでもいいように準備してたんですが」

「ははは！　まあこの通り、万事上手くいったというわけだ！」

楽しげな笑い声を上げ、ルーズヴェルト侯爵がさらに続けます。

「おかげで婚約もしなくて済むし、乙木殿には貸しを作れた。勇者殿に聖女殿との縁も作れた上に、この催事で私の派閥がどれだけの力を持っているか他の派閥の奴らに見せつけることも出来る。良いことづくめで笑いが止まらないな！　ふははは！」

その言葉から察するに、どうやら侯爵は本気でこの婚約に乗り気ではなかったということですね。

ようやく状況が理解できてきたので、私は口を開きます。

「つまり、全て掌の上であったということですか」

「まあ、そうとも言えますね。でも、あくまでも俺たちがやったことはここまでですから。この後、もしも乙木さんが決闘で負けるようなことがあれば元の木阿弥《もくあみ》ってやつですよ」

金浜君は、そう言ってからどこか挑戦的な視線をこちらに向けてきます。

「というわけなんで、乙木さん。全力で戦ってくださいね。俺も、殺さない程度には全力でやるので」

「なるほど。高い障害を乗り越えてみせろ、と」

「あはは。まあ、これは半分は俺の楽しみみたいなもんですけどね。最近は陽太《ようた》以外でまともにやり合える人もいなかったんで。四天王を短時間で撃退した乙木さんの実力、見せてもらいますよ」

言って、金浜君は手を差し出してきます。

「それじゃあ、お互いにベストを尽くしましょう！」

私は差し出された手を握り返し、頷きます。

「ええ。どうやら、私が有咲を手に入れるために必要なことのようですので」

そうして握手を交わします。

第八章

勇者対おっさん

私は侯爵の用意してくださった案内役の方に従って大聖堂から移動し、教会騎士団の訓練場に向かいます。一応、体裁として私は乱入者なので四人とは引き離されたわけです。

そして暫くの待機時間を訓練場で待った後、いよいよ金浜君も入場してきます。

先ほどまでは普段通りのお人好しな好青年、といった印象でしたが、今は違います。これから行われる戦いに集中しているのか、雑念の無さそうな研ぎ澄まされた表情を浮かべています。

「あー、あー。長らくお待たせした。これから勇者金浜蛍一殿と乙木雄一殿の決闘を執り行う！」

そして、ルーズヴェルト侯爵の声が何らかの魔法で拡声されて訓練場に響き渡ります。

「ルールは簡単。相手にこれは負けた、と思わせるような攻撃をすれば勝ちだ。ただし、殺生は禁ずる。全ては寸止めか、武器破壊などによる無力化の範疇に収めてもらおう」

このルールだと、お互いに制御が難しいスキルや魔法を使うわけにはいきませんので、使える手札は限られてきます。

とはいえ条件が同じである以上、ルールとしては公平と言えるでしょう。

「そして、決闘は聖女殿による結界の範囲内で行ってもらう。万が一、二人の攻撃が逸れたとしても、それが観客の皆さんを襲うようなことは無いので安心していただきたい」

侯爵に紹介され、三森さんは一度お辞儀をしてみせます。

清楚な仕草ではありますが、一方で鼻にワインコルクのような栓を詰めているため格好がつきません。恐らくは私の体臭で気をやってしまわないための対策なのでしょうが、それを知らない人々が口々に、なぜ聖女様は鼻栓を？　と話を繰り広げています。

「最後に！　今回の決闘はあくまでも婚約への異議申し立てを認めるためのものである。乙木殿が勝利した場合はそれが認められ、勇者殿が勝利した場合は認められない。それ以上の意味は持たないため、どのような決着に落ち着いたとしても、妙は勘ぐりなどしないようにしていただきたい」

これは、恐らく多種多様な懸念への保険の言葉でしょう。この宣言により、この決闘が勇者、つまり金浜君による私の査定的な意味合いを持つことになります。例えば私が勝ったから勇者の実力が低いということにはならず、逆に私が負けたとしても、それは侯爵側の想定の内であり、後に尾を引くような怨恨《えんこん》などは生まれないと明言したことにもなります。

つまりは、これはイベントの一環であると。そう告げることによって、どこまでも話を軽くしたわけです。

これが無いと、後日私がルーズヴェルト侯爵の派閥に属する貴族に因縁をつけられかねませんからね。後腐れなくするためには必要な宣言です。

「それでは、始めぇッ！」

そしていよいよ、侯爵により決闘の開始の合図が出ました。

既に臨戦態勢にあった金浜君は、剣を構えたまま駆け寄ってきます。

私はそれに応じて、あるスキルを発動します。

すると、金浜君は距離を詰める途中で足を止めます。

「これは、とんでもないですね。一応、耐性系スキルは勇者スキルの内にたくさん含まれているんで、デバフの類はほとんど効かないはずなんですが」

「ゴブリンなら一割でも即死する威力のデバフですので」

私と金浜君は、そのような言葉の応酬をします。

私が使ったスキルは『災禍』であり、四天王のアレスヴェルグでさえ一瞬で無効化したものです。

今回はその時を超える、ほぼ全開で金浜君に効果を及ぼしたのですが、どうやら身動きが取れないということは無い様子。改めて、勇者という存在のチートぶりが窺い知れます。

一応、殺すようなことが無いように身体能力の低下に絞って少しずつ効果を発動したのですが、もしも殺す方向性で呪いと疫病を付与したところで抵抗されて無意味となる気しかしません。

むしろ、いくらか身体能力を削れている様子なので、効果をデバフの方向性に絞って発動させた今の状況の方が結果的に良かったのかもしれません。

ちなみに、ゴブリンに使った場合は心臓を動かす筋力すら維持できないほどのデバフになるのでどちらにせよ即死です。

「さて、こちらも獲物を用意しなければいけませんね」

私は金浜君が足を止めたこのタイミングで、戦う準備をするために『瘴気』と『詛泥』のスキルを発動します。

そして周囲を漂う黒い霧の中から、武器となるものを取り出します。ダークマターで構築された、カランビットと呼ばれる種類のナイフです。

ただし、刃の部分をTの字に近い鎌のような形にしてあり、通常のナイフとは違い複数方向に振りかぶってそのまま突き刺したり、切り裂いたりすることが出来るようにしてあります。

正直、私は剣術などの戦闘技術を学んできたわけではありませんので、こういった合理的な形をした武器を使うことでその辺りの差を埋める必要があります。

一応、こういった特殊な形状の武器の練習は多少ならしてあるのですが。本格的に王城で剣術などの戦闘技術を学んだ金浜君にどこまで通用するかは分かりません。

「では、次は私から行きましょう！」

そして、今度は私が金浜君に攻撃する番です。

私は生み出したばかりのナイフを構えます。それを見て、金浜君もまた警戒するように剣を構えます。

「ナイフですか。悪いとまでは言いませんが、おすすめはしませんよ」

「それは、戦ってみれば分かるかと」

不敵な発言をする金浜君と、それに誤魔化すような言葉を返す私。

次の瞬間、私は攻撃を開始します。

周囲に展開した詛泥と瘴気の霧の中に、ダークマター製の小さな筒を生成。片方が閉じて、もう片方は開放されている形のものです。

そして更に、この中にびっちりと詛泥を詰め、さらに先端部分には針状に形成したダークマターを生成し、筒を完全に密閉します。

そして密閉された筒の中で、隙間なく詰まった詛泥の中に、密閉された空間と同じ大きさの円柱状のダークマターを急速的に生成。

瞬間的に内部の圧力が増し、水鉄砲や吹き矢に近い要領で先端の針状ダークマターが射出されます。これに名付けるならばダークマターフレシェット。

当然、その矛先は金浜君の方向を向いています。命までは取らないよう、足を狙っての射撃です。

霧の中からの、ほぼ不可視の攻撃です。まともな相手であれば、発射されたことにも気づかずに足をやられているはずです。

しかし私の攻撃は、発動すると同時に金浜君に回避されてしまいました。

「不意打ちですか。怖いことしますね」

「避けておきながら言いますか」

「ええ。俺のスキルには、未来予知みたいなものも含まれてるんで」

つくづく、勇者のスキルは桁外れな性能を持っているのだと実感してしまいます。

「では、これならどうでしょう？」

続いて、私が攻撃します。

詛泥の中に生み出したダークマターフレシェットを無数に並べ、金浜君を取り囲むように配置します。そして次々と射撃しては収納、そしてまた形成しては射撃、と飽和攻撃に入ります。

「これは、なかなかの破壊力だ！」

言いながら、しかし金浜君は無事です。

地に剣を突き立て、魔力を流しているのか、光の膜のようなものが発生しています。それがダークマターの針を弾くことで、全ての攻撃が無効化されています。

しかし、威力的に厳しいものもあるのか、金浜君は苦笑いを浮かべています。

「では、お返しです！」

そして、次は金浜君の攻撃です。右手は剣を握り、地面に突き立てたまま、左手をこちらに向けます。

「シャイニングレイッ！」

それが、勇者が持つ光属性の魔法であると、直感的に理解できました。

私が咄嗟にその場を横に飛び退《の》くと、ちょうど私を狙った軌道で光が通り過ぎていきます。横から見える、ということはレーザーというよりはビームに近い魔法なのでしょう。

どちらにせよ、発射を見てから回避することは不可能な速度です。手を向けられた時点で回避しなければ、直撃必至でしょう。

状況的に、このままだと私だけがリスクを背負って金浜君の攻撃を回避し続けなければなりません。なので、光の膜を破壊するなり何なりで、どうにか金浜君に攻撃を届かせる必要があります。

そこで私が選んだのは、前進です。剣を突き立てたままの金浜君に向かって、ナイフを構えたまま攻撃に向かいます。

「なるほど！」

金浜君は焦る様子も無く、私を待ち構えています。むしろ、望むところといった様子でしょうか。とはいえ攻めに出るべきであるのは変わりません。私はナイフを振りかぶり、金浜君へと接近します。

寸止めするつもりで振るったナイフは、しかし金浜君には当たりません。すっと自然な動きで身を捩《よじ》り、軌道から回避する金浜君。さらには、そのまま空いている方の手で私の手首を掴んできます。

そして、まるで柔道の技でもかけられたみたいに、私は投げ飛ばされます。

どうやら金浜君は体術も習得しているようです。

とまあ、やられたい放題に見えますが、そういうわけでもありません。

「くっ、搦《から》め手ばっかり、もう！」

金浜君は言って、顔を歪《ゆが》めます。

実は攻撃に使った方の手は、しっかりと災禍、瘴気、沮泥のスキルを駆使して毒手のような状態にしてあります。

いくら耐性があるとはいえ、つらいのでしょう。触れるだけでダメージを負ったのか、手は赤く腫れています。

そして、この一連の流れで金浜君の未来予知系スキルのおおよその性能にも見当がつきました。

恐らくは、己の身に危険が及ぶ可能性のあるシーンだけが見えるようなスキルなのでしょう。

明確にどのような手段でどのような攻撃を受けるのか分かっていれば、私の手首を持って投げるようなことはしなかったはずです。

恐らくは私がナイフを振りかぶって攻撃する姿だけを事前に知ることが出来た。だから投げ飛ばして回避したものの、実際の危険はナイフではなく手首そのものにあったため、未来予知でダメージを回避すること自体は出来なかった。

つまり、上手く攻撃手段を偽装することが出来れば、金浜君にダメージを与えることは可能だというわけです。

　私は勝利を得るべく、いよいよ決着をつけるための攻撃に入ります。

　手の腫れ、痛みによる怯みを金浜君が見せたため、一気に勝負を決めにかかります。金浜君も当然それに気づいて、即座に対応。守り、受けの体勢から攻めに転換。搦め手により徐々にダメージを受けていく前に勝負を決するつもりなのでしょう。

　地面に刺していた剣を抜き、構えた金浜君が間合いを詰めてきます。当然、光の膜による防御が無くなったのでダークマターフレシェットは金浜君に当たり始めます。が、金浜君自身もまた光のようなものを纏っているため、それに阻害されて針が刺さる様子はありません。

　とはいえダメージがあるのか消耗が激しいのか、金浜君は苦々しい表情を一瞬浮かべました。

　ここが攻め時だ、と私は考え、さらにスキルを発動します。

　それは、今まで幾度となくお世話になってきた『加齢臭』のスキルです。複数のスキルの効果により発展した『瘴気』とは異なり、これは単なる異臭を発するスキル。

　しかし、戦闘中に突如異常なレベルの臭気を感じた場合、人はどう反応するのか。

　その答えが、現在の金浜君です。違和感のあまり、一瞬動きが鈍ります。冴えた剣技も、異臭によって反射的に身体が硬直してしまえば普段通りとはいきません。

　そしてこの『加齢臭』は毒でもなければ呪いでもない。ただびっくりするほど臭いだけのスキルです。

そのため、恐らくですが金浜君の未来予知系スキルに把握されることも無かったと考えられます。予知により感知できない、何らかの攻撃としか思えないほどの異臭。そんな事態に陥った金浜君は、あまりにも大きすぎる隙を晒しました。

当然、それを見逃す私ではありません。

ダークマター製のカランビットナイフに唾《つば》を吐き、付着させてから金浜君に攻撃します。当然、反応して金浜君は攻撃を剣で受け止めます。

それと同時に、私は複数のスキルを発動。

最初に発動したスキルは『発光』。眼球から魔力を込めて強い光を放ちます。これもまた攻撃性のあるものではないため、金浜君の未来予知系スキルでは反応出来なかったことでしょう。

次に発動したのは『保湿』。私がナイフにつけた唾の周囲の空気を強烈に保湿することで、水分を確保しようとする反応が働き、唾が乾燥します。

そして、この唾が実はそもそも『粘着液』のスキルによって発生させた、乾燥すると強固に固まる唾だったわけです。

特に意識しなければ、せいぜいコンクリ程度の硬さにしかなりませんが、今回は出来る限り頑丈に固まってくれるように意識して吐き出した唾です。

これが固まることによって、完全に金浜君の剣と私のナイフが接着してしまいます。

当然、金浜君は発光により目を潰されているため、また未来予知系スキルによる感知も唾が乾いただけのことなど対象外でしょう。

そんな状態で、私がナイフを力強く引くとどうなるか。

本来、金浜君は私のナイフを受け止めるために剣を構えたわけですから、金浜君の側から私に向かって腕や踏み込みの力が働いています。

そこから虚を突かれるため、一瞬姿勢を崩されます。

当然、反射的に金浜君は体勢が崩れないように踏ん張ろうとするわけですが、ここで剣とナイフが接着されているために、予想外の方向に力が加わります。

予想外が二重に重なった結果、金浜君は体勢を崩し、私の胸の内に向かって倒れ込んできます。

ここでようやく私は、攻撃に使うためのスキルを発動。当然、金浜君は未来予知スキルで何が起こるか察知した様子ですが、もう手遅れ。既に体勢が崩れきり、距離も詰まっているため、せいぜい防御のために身体強化系の魔法等を発動するぐらいしか出来ません。

そんな状況下で、私が発動したスキル。

その名前は『自爆』です。

ここが正念場であると考えた私は、私に耐えられる限りの最大限の威力で『自爆』スキルを発動します。

それこそ、この自傷ダメージによりこれ以上の戦闘など不可能なぐらいの威力です。

私のステータスが高いからこそ、その威力は必然的に高まり、強烈な爆破の衝撃が私と、金浜君を同時に襲います。

また、爆発により地面の砂が巻き上がり、煙が立ち込め、三森さんが張ってくれている結界内部は完全に視界が通らない状態へと陥ってしまいました。

そんな中、既に自爆による自傷ダメージであちこち傷だらけ、血を流している状態の私の首に。

ぴとり。鋭い刃物が触れる感覚がありました。


「これで俺の勝ちです」


そう呟いたのは、金浜君です。

私の首に剣を添えたまま、金浜君は続けます。

「どうします？　さすがに本当に俺が勝っちゃうと問題があるので、ヤラセとかで決着をつけるのもアリかと思うんですが」

「そうですね。そうしてくれるとありがたいとは思うのですが、うーん」

私はそんなことを言いながら、露骨なぐらいわざと時間を稼ぎます。

「しかし、金浜君。少し勘違いをしていませんか？」

「え？」

「これは殺し合いではなく決闘です。見届人、そして観客の皆さんが見えていない今、決着はまだついていませんよ」

「まあ、それはそうですけど、土煙が収まったらさすがに俺の勝ちですよ」

「ええ。このまま何事も無く終わるのであれば」

そこまで言って、ようやく私の最後の一手の準備が終わりました。

次の瞬間、私は最後のスキルを発動します。

私の自傷ダメージによる負傷。それにより飛び散った血液。これらの中にほんの一滴混ぜた詛泥。場を半球状に覆う三森さんの結界。そこにまで付着した、私の血液たち。

これらの要素。そして土煙の中を辛うじて真っ直ぐ進むことの出来た、僅かな光のみを見逃さず見ることの出来る非常によく成長した『夜目』のスキル。それにより完全に把握できた位置関係。金浜君の立ち位置。私の立ち位置。そして血液の付着した場所。

全てを把握することで出来る、最後の一手。

私は、それらの血液を対象に『鉄血』を発動。僅かに含まれる詛泥のおかげで、飛び散った後の血液まで私の身体の一部と接触していると判定され、鉄血スキルが発動可能に。

そして生み出したのは、ダークマターフレシェットとほぼ同じ構造の物体。ただし素材はオリハルコン製。血液の一部を包むようにして筒を生成。筒の後端は杭《くい》のような構造にして、土や結界に突き刺さって抜けないように。筒の開放された前端を塞ぐ針と血液の間を直接オリハルコンの糸で繋いだ状態に。

そして、筒に包まれた血液を『自爆』スキルで爆発させます。

オリハルコンフレシェットから針が飛び出し、金浜君に当たらないギリギリの範囲を無数に飛び交います。金浜君には危険が迫っていないので、感知は出来ていないはずです。

そして、オリハルコンの針にはオリハルコンの糸が繋がっており、これは筒の内部に付着した血液から伸びています。

結果、金浜君の身体は無数の糸によって包囲されてしまう結果となりました。

「これは、何をしたんですか？」

「大したことは。金浜君を傷つけることなど到底できないような、ただの頑丈な糸で周囲を包囲させていただきました」

その結果、どうなるか。

私は次の瞬間、素早く後方に飛び退きつつ小規模な『自爆』を腹部で発動し、その衝撃も利用して距離を取ります。

当然、これを追いかけるために金浜君は勢いよく、強く踏み込んで前に出ます。

すると張り詰めたオリハルコンの糸が引っ張られ、結果として杭のように周囲に突き刺さっていた筒と針、それぞれもまた引っ張られます。

張力が限界に達すると、針や筒は地面や結界から引っこ抜けます。

そして無数の糸は金浜君の身体を支点に引っ張られた結果、両端の重りとなっているオリハルコン製の針と筒が、別々の方向に回転するように動き、糸と糸が次々と絡まっていきます。

結果、金浜君は自身を傷つけるはずもないオリハルコンの糸により、身体のあちこちを絡め取られてしまいます。

「くっ、でもッ！」

「させません！」

金浜君は瞬時に状況を悟り、オリハルコンの糸を切断しようと不自由な身体を上手く使い剣を振り上げます。

ですが、当然これもまた予想済みです。

瞬時に私は『詛泥』と『瘴気』を発動。金浜君の周囲を包むことでオリハルコンの糸は汚染され、ダークマターに変貌。そして詛泥と触れ合うことにより『鉄血』スキルの効果で形状を変化。より太く頑丈な糸にすることで、金浜君の剣では切断することが難しくなります。

当然、一太刀で数本の糸は切断されてしまいますが、それはご愛嬌。残った糸が太くなり、スキルの効果で端から収納していくことで張力も強めて、より強く雁字搦《がんじがら》めにします。

結果、金浜君は完全にダークマター製の鉄線により拘束されることとなってしまいました。

「なるほど、この状況をずっと作ろうとしていたわけですか」

金浜君は納得したように呟きます。

「どうでしょう。逃げられますか？」

「正直に言えば、どうとでも。ですが、余波で沙織の結界まで破壊するか、国から貰った希少な魔道具を使い潰す必要があります。どちらも決闘でやれる手段じゃありませんね」

「でしょうね。常識のある、善意に溢れ性格の良い金浜君なら、そう判断してくれると踏んでいました。なりふり構わず勝ちにくる可能性は低かった。ですから、こうして状況、決闘の動機まで計算した搦め手を使わせていただいたわけです」

私がなぜこうしたのかを説明すると、金浜君は愉快そうに笑いました。

「はは、それはまた、すごいですね。まるで将棋やチェスみたいだ。使える駒を使って、攻め手一つ一つで相手をコントロールして、盤面を支配して最後の最後に自分の勝ちまで持っていく。最初から、乙木さんはこういう勝ち方をするつもりでいたわけですか」

「ええ、まあ一応」

私と金浜君がそうこう言っているうちに、次第に土煙は収まっていきます。

結界内部の様子が、誰の目にも明らかになっていきます。

私は体中傷だらけながら立っていて、そして金浜君は無傷ながらダークマターの鉄線に絡め取られ、身動きが取れないでいる。

そんな金浜君に近寄りながら、新たにもう一本のカランビットナイフを生成し、金浜君に突きつけます。

「これで、私の勝ちです」

「はは、参りました」

私と金浜君が宣言すると、見届人であるルーズヴェルト侯爵の声が響きます。

「勝者は、この決闘の勝者はッ！　まさかの事態！　我が国の勇者を拘束し、ボロボロになりながらも一本を取った男！　乙木雄一殿だあああぁぁぁあッ！」

魔法で拡声された声が訓練場全体に響き渡り、その後に観客の皆さんの歓声が湧き上がります。

それを聞いて、私は無事決闘に勝ったのだ、と自覚することが出来ました。

決闘の結果が侯爵により宣言されたため、三森さんの結界が解除されます。

そして侯爵が私の方に歩み寄ってきました。

「どうだったかな、乙木殿。勇者殿と戦った感想は」

「ええ、手強《てごわ》い相手でした」

恐らく勝者インタビューのようなものなのでしょう。これをパフォーマンスの一環だと周囲にアピールするために。また、私がわざわざこの状況で決着させた目的を果たすために、感想を語っていきます。

「どうしても勝ちたい、勝つ必要がある試合でしたので、私が使えるものの全てを使って、この通り全力でもって挑ませていただきました。あくまで決闘、試合に近い形式ということですので、その形で勇者殿に参ったと言わせる。それだけを狙って、どうにか実現できた形ですね」

私が語るほどに、言葉は拡声の魔法で周囲に伝達されます。これにより、観客の皆さんが驚きと感心の声を次々と上げていきます。

実際は、私は見た目ほど消耗はしていません。自爆による自傷なので、そもそも回復魔法さえあればすぐに治ります。そして魔力も体力も潤沢に残っているため、まだまだ戦えます。

一方で金浜君は光の膜による防御、毒手による手のダメージ、そして無数のダークマターフレシェットを防ぎ続けた身体の光。これらによる消耗があるので、見た目上の負傷が無いながらも無傷というわけではありません。

とはいえ、金浜君はこの国の勇者なのです。あくまで試合形式だからこそ意表を突かれて負けてしまった、という格好にする方が良いので、わざわざそうした事実を説明したりはしません。

「さて。次は負けてしまった勇者殿に聞きたいのだが、この状況をどう分析なさるのかな？」

「いやー、負けちゃいましたね。まさに試合のルールを駆使した、完璧な勝ち筋です。拘束を解こうと魔法を使えば結界まで破る威力になるので、皆さんを巻き込んでしまいますし。転移の魔道具は希少かつ消耗品なので、こうした場面で使うべきものではありませんし。状況まで利用して俺の手札を潰してきた乙木さんの作戦勝ちですね」

金浜君もまた、私がこうした勝ち方をした理由に感づいているのでしょう。わざわざ自分が本気を出せばまだまだ戦えることをアピールしてくれます。

あるいは、半分ぐらいは本気なのかもしれませんが。彼も男の子。より強くなりたい、という気持ちがあるのも、プライドがあるのも当然ですからね。

ルーズヴェルト侯爵は金浜君の話も聞き終え、満足したのか再び私の方へと近寄ってきます。

「さて乙木殿。君は決闘に勝った。つまり、有咲殿との婚約への物言いは、勇者殿と聖女殿により肯定される正当な主張となったわけだ。こうなってしまっては、私も無理に婚約をすることは出来ない。ああ、非常に納得がいってはいないが、勇者殿と聖女殿が言う以上はまったくもって仕方がないのだよ、本当に！」

改めて、そんなことを観客の皆さんに主張するルーズヴェルト侯爵。このわざとらしさにより、私とルーズヴェルト侯爵の間にわだかまりが無いことが明確に主張されます。

「というわけで、乙木殿。これからどうなされるつもりかな？」

「そうですね」

私は少しだけ、考えると、すぐに口にします。

「当初の予定通り、愛する人を攫《さら》っていこうかと思います！」

宣言すると同時に。私は訓練場の片隅で、三森さんの近くで私の戦いを見てくれていた有咲の方へと駆け寄ります。

「愛してるぞ、有咲！」

その言葉に応えるように、有咲もこちらに向かって駆け寄ってきます。

「アタシも！　愛してる、雄一っ！」

そして私と有咲は互いに手を伸ばし、取り合い、そのまま勢いに乗って互いを抱きしめます。

くるくるとその場で回転するような格好になって、私は有咲を離さないように、そして怪我をさせないように抱き上げます。ちょうど、お姫様抱っこと呼ばれるような格好です。

「で、どうすんの？」

ニヤリ、と笑みを浮かべる有咲。その表情は、私にもはっきりと分かるぐらい幸せ一色に染まっていました。

「逃げましょう。私は今、誘拐犯ですし」

そう告げると同時に。私は強く跳び上がります。

そして訓練場の壁を越え、決闘の舞台となった広場から一瞬で離脱。

突然の出来事に騒然とする観客の声を後方に聞きながら、私はそのまま再び跳び上がり、訓練場の外へと着地。

「アハハ！　アタシ、今めっちゃ幸せ！　それに、すっげー楽しい！」

「良かった。俺は、君のその顔が見たかったから」

そう、本心を呟くと、有咲は顔を真っ赤に染め上げます。

「うぅ、何それ、めっちゃ恥ずいんだけど！」

「でも事実だよ」

言いながら、私は有咲を抱えたまま、街の中を走り抜けます。

花嫁衣装を着た女性と、傷だらけでボロボロの中年男性。組み合わせの珍妙さもあり、通り過ぎる人々が例外なくぎょっとしています。

そんな反応もまた、今は楽しく思えてしまいます。

「それでさ。雄一はどこまで逃げるつもり？」

「さあ？　どこまででも。有咲と一緒なら、俺はそれだけでいいよ」

「っ、もう！　そういうクサいセリフ禁止！」

ぽかぽか、と有咲は私の胸を叩いてきます。

「でも、意見には賛成。アタシも、雄一とならどこへだって行ける」

「じゃあ行こう。どこまでも！」

そう言って、私はさらに加速し、王都を走り抜けます。


私と有咲は王都を出て、それでもまだ駆け抜け続けました。気の向くまま、思うままに走り抜けていくと、気がつけば王都周辺の森の、どことも知れない泉のほとりまで到達していました。

誰の目も無い場所まで来たので、ようやく私は立ち止まります。

そのまま有咲を降ろして、二人で手を繋いだまま泉のすぐ側まで歩み寄ります。

「アタシ、ずっと迷ってたんだ」

有咲は、感慨深そうにしながら語り始めます。

「どうすればいいのか、分かんなかった。初恋の雄一お兄ちゃんと一緒に生活して、このまま結婚までいくのかな、って漠然と思ってて。でも拒絶されて、何も分かんなくなってさ。迷路の中にいるみたいな気分だった」

どうやら、有咲は自分がどういう心境だったのかを語ってくれる様子。私は、その言葉を一言一句聞き逃さないよう、耳を傾けます。

「自分じゃ自分の幸せを見つけられなくって。雄一が見つけてくれた、アタシのスキルの使い方に頼って、ずっとどうすればいいのか決めて、決めて、決め続けて。それで、最後に選んだのがルーズヴェルト侯爵様と結婚するっていう道だった」

今なら分かります。有咲がそのような選択肢を選んだ理由。私が愚かだったから。有咲のスキルまで巻き込んで、大きな間違いを犯すことになったのです。

「きっとそっちにゴールがあるんだって。アタシの幸せはきっと、雄一のためになることだって。そう思って、ずっと進んできた。今日まで、婚約披露宴まで頑張ってた。でも、結局迷路の終わりなんか見えなくてさ。アタシは、迷ってるままだった」

「有咲」

私はただ聞いているだけのことができず、つい言葉の途中で割り込むように名前を呼んでしまいます。そして有咲の背中側に回って、肩から抱きしめます。

そんな私の手に、有咲は優しく手を重ね、語り続けます。

「そんな時にさ。雄一は来てくれた。どっちに行けばいいのか分からなかったアタシを、迷路の中で掴まえてくれた」

有咲がそう言ってくれる。その事実が、私の胸に今こうしていて良かったのだ、という安心感と幸福感を生みます。

「急にさ。光が見えたような気がしたんだ。もしかしたら間違った道かもしれない。出口まで行けないのかもしれない。でも、アタシ、幸せだよ。雄一が隣で、手を繋いでいてくれるから。迷路の中でも、温かい光が胸の中にある。だから怖くない。もう迷わない。アタシは、アタシのために、ずっと雄一と一緒にいる。雄一のことを愛してる」

ぎゅっ、と有咲の手が、私の手を強く握りました。

それに応えるように、私も語ります。

「俺も。有咲を愛してる。ずっと言い訳ばっかりしてきた。屁理屈ばっかり言ってきた。正直じゃなかった。でももう嫌だ。有咲は俺のものだよ。俺が世界で一番、有咲を愛してるよ。誰にも渡したくない。ずっと一緒にいたい。だから奪いに来たんだ。俺は、俺のためにもう迷わない。有咲の手を引いて、死ぬまで一緒に歩いていきたい」

「うん、うんっ！」

有咲は頷き、震える声で相槌《あいづち》を打ちます。恐らくは、泣いているのでしょう。

私もまた、無意識のうちに涙を流していました。

「ごめんな、有咲。俺が馬鹿だったから、すごく悲しませたよな。たぶん、これからも有咲のこと悲しませると思う。でも、俺は馬鹿だから、それでも有咲とずっと一緒にいたいよ」

「いーよ、そんなの許してあげる。雄一が世界で一番格好悪くて、世界で一番ダサくったって、アタシは雄一の隣がいい。わがままだって言うよ。今までみたいに、めちゃくちゃなこと言って雄一のこと困らせちゃうよ。でも、アタシだって馬鹿だから、それでも雄一と一緒がいいんだよ」

互いの気持ちを確認し合うと、自然と次にしたいこと、するべきことは理解できました。

私と有咲は一度離れ、向き直り、そして互いに見つめ合います。

「有咲」

「雄一」

愛してる。

その言葉を同時に言った後は、もはや言葉など不要でした。

私は有咲を、有咲は私を強く抱きしめ、そして互いの唇を近づけてゆきます。

堰《せき》を切ったように、勢いよく、二人揃って貪るような深い口付けを交わします。

やがて口付けだけでは我慢の利かなくなった私は、有咲を抱きしめたまま、優しく二人で倒れ込みます。

そのまま転がって姿勢を変え、私が有咲に覆いかぶさるような格好になります。

何をするつもりなのか。自分がどうなってしまうのか。有咲は理解している様子で、むしろ早く、

と急《せ》かすような、悩ましげな表情でこちらを見つめてきます。
「きて、雄一」
それが、合図となりました。
そうして私と有咲は、名も知らぬ泉のほとりにて。
互いを深く理解し、愛し合い。
消えない愛の証を刻み込むようにして、繋がり合いました。

エピローグ

あれから私と有咲は、王都に帰ってから魔道具店のご近所さんに挨拶へと向かいました。私と有咲が結婚することになった、と。

どうやら、いろいろな人が根回しをしてくれていたようで上手くいって良かった、などと安堵《あんど》する人が多くいました。

その後は、助けてくれた人たち全員にお礼に向かいました。特に、いろいろと面倒をかけてしまったルーズヴェルト侯爵、金浜君、三森さんには何度も頭を下げました。

そうして一通りの後始末が終わった後、ようやく私と有咲は役所に向かい、手続きを済ませ籍を入れることになりました。

それがちょうど今日のお昼過ぎのことです。

現在の時刻は夜。私は有咲の部屋で、有咲と二人きりで互いに向かい合い、椅子に座っています。

「有咲。今日から俺と君は夫婦になる」

「う、うん。そうだね。なんか、えーっと、照れるね？」

髪の毛を弄《いじ》りながら、有咲は可愛らしい仕草で視線を逸らしながら言います。何やら緊張している様子ですが、これから予定しているのは、恐らく有咲が想像しているようなことではありません。

「夫婦になる以上、大事なことが一つある」

「うん。アレ、だよね？」

「ああ。まずは、話し合いの時間が必要だな」

「へ？」

私の言葉に意表を突かれたのか、有咲は間の抜けた表情を浮かべて声を上げます。

「どうしたんだ、有咲？」

「い、いや！　なんでもないっ！　うん、大事だよな、話し合い！　うんうんっ！」

そうして誤魔化すように言う有咲。どんな勘違いをしたのか、想像は難しくありません。しかし、ここは黙っておいてあげましょう。

「俺たちは、ちゃんとお互いの考えとか、どう思っているだとか、どうしたいだとか。そういう話を全然してこなかった。最低限の、事務的なことしか共有できていなかった。だから、危うく取り返しのつかないことになるところだった」

「うん、そうだな」

有咲も理解はしているのか、しっかりと頷いてくれます。

「だからこそ、これからはそんなことにならないよう、ちゃんと気をつけていきたいと思う。何をしたいか。どんなことを目標にしていくか。とにかくなんでも、自分が考えていることはお互いに伝え合って、共有していきたいと思っているんだ。どうかな、有咲？」

私が聞くと、有咲は頷いてから肯定してくれます。

「うん、いいと思う。アタシも、雄一がどんなことを考えてるか知りたいし、アタシのことも雄一にもっとちゃんと知っておいてほしい」

「有咲」

可愛らしいことを言う有咲のことが愛おしくて、私はつい抱き寄せてしまいます。

「うひゃっ！　ゆ、雄一っ？」

「本当に、可愛い奴だなあ、有咲は」

「ちょっ、待って、恥ずいし！　今そういう感じじゃなかっただろっ？」

有咲が照れているのか必死に抵抗するので、私も仕方なく手を離します。

「まあともかく、俺と有咲でよく話し合いたいっていうのは本当のことだから。今日のうちに、今まで話せなかったいろいろなことを話しておきたいんだ」

「うん、分かった」

そうして、この日の夜は私と有咲がお互いの好きなところや、直してほしいところなど、様々な気持ちを言葉にして伝え合うこととなりました。

互いに思いを共有し合って、二時間近くは経過したような気がします。

話はお互いの個人的な事柄から、魔道具店など私が展開している事業の今後の展開についてのことにまで広がってきました。

「じゃあ、雄一はまだまだ新しい事業に手を出すのはやめないつもりなんだ？」

「ああ。この世界が、俺たちにとって厳しい世界だってことは変わりない。二人の幸せを第一に考えるなら、やっぱりどんな力でも欲しいし、あって困るようなことはないはずだよ」

「まあ、それにはアタシも同意するけどさ。でも、最近みたいに、アタシのことほったらかしで仕事ばっかりになるんだったら、それは嫌だからな？」

有咲はいじけるような口調で、これまでの私の行動に対して苦言を呈しました。確かに、仕事が忙しかったというのもありますが、いくらなんでも有咲のことを放置していた時間は長すぎます。

正式に夫婦になったのですから、これからはそんなことは起こらないように気をつけなければいけないでしょう。

「分かった、気をつける」

「うん、それでよしっ！」

「それに何なら、有咲も一緒に仕事をするか？　俺と同じ仕事をするんだったら、二人でいつも一緒にいられるけど」

「え、でも、アタシが役に立つのかな？」

不安げに言う有咲ですが、むしろ私からすれば大歓迎です。

「むしろ、有咲のスキルがあれば大助かりだよ。前に付与魔法を使って、俺がカルキュレイターを借りて使った時も、かなりいろいろなことが進展したからな。有咲は間違いなく役立ってくれるはずだよ」

「そっか」

有咲は満足げに頷いてから、さらに訊いてきます。

「ところでさ。その、雄一がアタシのカルキュレイターを使った時って、いろいろなことが計算できて、理解できたんでしょ？　それって具体的に、どんなことが分かったの？」

ちょっとこの質問は、答えに困ってしまいますね。

「えっと、それはまあいろいろ」

つい、話を濁してしまいます。

「それより、具体的な仕事の話をしよう」

「いやいや、露骨に話そらしてんじゃねーよっ！」

とまあ、さすがに有咲からツッコミを入れられてしまいました。

「で、どんなことが分かったんだよ？　正直に吐きな？　楽になるから」

有咲が私の頭をグリグリと拳で撫でるようにしながら、自白を求めてきます。

こうして隠し事をしていることがバレてしまった以上、話す他ないでしょう。隠し事をせずに話をしよう、と提案したのは私の方なのですから。

「実は、あの時カルキュレイターが導き出した答えの一つに、俺が最強になるための手段が示されてたんだ」

「へえ、それは良いことじゃないの？」

「ああ。デメリットさえ無ければ、だけど」

私の言葉に、有咲は眉を顰《ひそ》めました。

「デメリットって、どんな？」

「簡単に言うと、有咲の命を危険に晒すようなものだよ」

「うやむやにしないで。ちゃんと説明して」

この期に及んで、私はまだ隠し事をしようとしてしまっていたようです。

はぁ、と一度ため息を吐いてから、ようやく全てを正直に吐く覚悟を決めます。

「実は、俺が有咲のスキル、カルキュレイターを自在に扱う方法が見つかったんだよ」

そう言ってから、私はかつてカルキュレイターが示した可能性、半永久的なスキル共有の魔法陣についての話を始めました。

あとがき

皆様のおかげで、ついに三巻を刊行することができました。本当にありがとうございます。

乙木と有咲の物語に一つ区切りができる部分まで刊行できたことを嬉しく思っています。

既に本文はお読みいただけたでしょうか？　乙木が一人の人間として、一皮むけるまでの物語。

そこに共感や感動、あるいは納得していただければ幸いです。


さて。本文中で、とあるキャラクターが重度の匂いフェチであることが判明しましたね。

このキャラ設定は、最初期からあるものだったりします。

ただのおじさんが、可愛い女の子に愛されるにはどうすれば良いのか？

女の子を変態にするしかないじゃないか！

というわけで、作中のキャラクターは癖の強い人物が多くなっております。匂いフェチも同様で、我々おじさんの体臭を好意的に受け止めてくれる、包容力のある女の子って素敵だよね。という発想から始まっていたりします。

ふぅ、薄い本が厚くなるな！

そんな彼女の如何とも言い難い姿を、こうして書籍として世に残すことができたのは光栄の極みです。

それでは、今回のあとがきはここまでとさせていただきます。

最後に繰り返しになりますが、当作品を楽しんでくださり、本当にありがとうございます。

書籍版に彩りを与えてくれた鱈先生。そしてコミカライズ版にて生き生きしたキャラクター達を描いて下さっている結城先生。三巻の刊行に関わって下さった全ての方々に、改めてお礼申し上げます。

願わくば、また次巻で皆様とお会いしたく思います。

では、またどこかでお会いしましょう。

マンガ
クラス転移に巻き込まれたコンビニ店員のおっさん、
勇者には必要なかった余り物スキルを駆使して最強となるようです。
1
漫画 結城焔
原作 Narrative Works 日浦あやせ
キャラクター原案 鱈
各種電子書籍配信サイトで好評連載中!!
コミックス第4巻
2024年7月
発売予定!!!

tenseisha ha seken shirazu
転生者は世間知らず
2
Ameize
唖鳴蝉
Ill. たき
~特典スキルでスローライフ！
……嵐の中心は静か
——って、どういう意味？~
スローライフ目指して
廃村リノベーション♪
コミカライズ企画も
始動中!!
著：唖鳴蝉　イラスト：たき
神との取引により異世界の廃村に転生した少年、ユーリ。酒精霊のマーシャと共に、生産チートを使って農業にＤＩＹにと気ままに暮らしていたが、ひょんなことで隣村の少女ドナたちとともに人生初の「おでかけ」をすることに。町でしか手に入らない物資に目が眩み、自重を忘れた爆買いに走るユーリ。注目を浴びるのもなんのその、市場で出会った難民の姉妹を成り行きで助けたユーリだったが、二人が扱っている商品を見て更なる野望を募らせる——！
BKブックス

元名門貴族の気弱な嫡子になりました
ゲーム世界に転生した俺は生きて帰るために攻略を開始します
RINKAI DOGU
臨界土偶
illust.ゆーにっと
『鬱ゲー』の世界に転生したモブのノンストップ逆転ファンタジー！
著：臨界土偶　イラスト：ゆーにっと
気が付くと鬱ゲームの世界のアドマト公爵家嫡子フェゼとして転生していた主人公。しかし、前世の記憶だとフェゼは死の運命を辿るキャラクターだった。そんな結末を避け、生きて元の世界に帰還するべく、異界に通じるとされる開天神代の魔法具を入手するためにダンジョン攻略に挑む。さらに資金を稼ぐためマモン商会で出会ったネイを誘ってビジネスを始めたり、やがては戦争も起こす羽目に――!! 生きるためにはどんな手段も厭わない主人公による、異世界攻略ファンタジー開幕！
ぶんか社

BKブックス
クラス転移に巻き込まれたコンビニ店員のおっさん、
勇者には必要なかった余り物スキルを駆使して最強となるようです。3

2024年4月20日　初版第一刷発行

著　者　日浦《ひうら》あやせ（Narrative Works）
イラストレーター　鱈《たら》

発行人　今 晴美

発行所　株式会社ぶんか社
〒102-8405　東京都千代田区一番町29-6
TEL 03-3222-5150（編集部）
TEL 03-3222-5115（出版営業部）
www.bknet.jp

装　丁　AFTERGLOW

印刷所　大日本印刷株式会社

ISBN978-4-8211-4683-3

Printed in Japan